# LE CAVALIER DE SAUMUR

ISBN 978-2-330-17622-8

FLORIAN PRÉCLAIRE

# Le cavalier de Saumur

ROMAN

un endroit où aller
ACTES SUD

*pour Florence*

# 1

DANS le ciel le vent pétrit la masse blafarde des nuages. Dessous la plaine est plate et il y a la guerre. Le seul relief dans ce paysage monotone, c'est celui que forme la saillie linéaire de la tranchée, avec le monticule de son talus et le motif épineux de ses barbelés. Les hurlements des blessés sont couverts par le grondement ininterrompu de la canonnade. La lymphe suinte des plaies, il y a une odeur de brûlé. Les hommes ont dans leur bouche la saveur métallique du sang et sous leur crâne le bruit de martèlement de leur cœur dont les pulsations accélérées tambourinent aux tempes. René-Frantz est prostré. Il a dans la gorge un cri déchirant qui reste imprononcé. Sa tête est dans ses mains. Ses doigts, noués par la douleur et la rage, semblent des racines tortueuses grandies autour d'un œuf géant. Au genou gauche sa chair est marbrée de grenat. Son visage est ruisselant de boue et de sang mêlés qui transforment les rides de ses pattes-d'oie en deux petits estuaires, deux deltas minuscules où se divisent des fleuves limoneux couleur rouille pareils à des coulées de lave.

Il neige doucement sur René-Frantz et sur les autres tandis que depuis là-haut parmi les flocons tombent aussi dix mille bombes qui explosent comme autant d'étoiles mortes dans le ciel constellé. Les mains de René-Frantz sont tétanisées. Il sent dans sa chair la brûlure du froid, pareille à la piqûre de centaines d'aiguilles, et il lui semble que c'est un liquide glacé qui coule dans ses veines, sous la peau gercée qui craquelle. Il aimerait tourner le visage ravagé du cadavre à ses pieds pour mieux le voir, mais il reste longtemps immobile sans défaire l'entrelacs de ses doigts engourdis et regarde hébété le profil éclaté. L'arête du nez est renversée sur la joue, la mâchoire béante et amputée est ouverte sur des copeaux de dents, les orbites sont vidées de leurs yeux, les globes mangés une heure plus tôt par des corneilles. Au-dessous il y a l'arc tendu des côtes dont restent une moitié et le grumeau des poumons enrubanné par un coton de neige. Plus bas c'est le foie et l'énorme araignée rouge de l'abdomen marbrée d'écarlate qui parfois paresseusement ondule de l'ébullition ébauchée d'un sang mal éteint. Derrière la taie de sa cornée voilée de larmes René-Frantz observe longtemps sans comprendre et puis, comme ça dégage de la vapeur, il réalise que les viscères sont encore tièdes. Alors il défait difficilement le nœud de ses doigts avant de les plonger dans le ventre violine pour les réchauffer.

## 2

La veille, c'est dans le chaos de l'aurore déchirée par l'aboi des ordres que René-Frantz était sorti de la tranchée et qu'il s'était agrippé comme il avait pu pour franchir le parapet de tir, avec la baïonnette en travers de la poitrine et dans la tête le souvenir diffus d'un mauvais rêve. Il s'était jeté en avant avec les autres dans la lumière laiteuse d'un champ de betteraves devenu à cause des bombardements une étendue grêlée de nids d'obus éclatés ou enfouis. Ç'avait été difficile de progresser. La boue ralentissait les pas et empêtrait les hommes qui avançaient avec cet air ridicule de paniquer au ralenti ou d'attaquer par saccades, périodiquement figés comme des enfants qui jouent à un deux trois soleil dans une cour d'école. Mais ils ne jouaient pas et ils n'avaient pas le teint frais de l'enfance. À force de vivre dans les boyaux ils étaient noirs comme des mineurs, avec sous le voile de la boue anthracite qui maculait leur visage des cernes violets et, au-dessus, le vitrail blême de l'œil pour voir en face la mort et l'aube, à l'est. Pendant le combat René-Frantz avait vu au loin devant lui des silhouettes envolées par des bombes. Un temps il était resté médusé au spectacle de l'arc que dessinaient des corps et des poignées de terre échappés à la pesanteur, puis le reflet d'argent qu'avait fait la lumière sur un casque s'était fiché dans sa pupille et il avait cillé. L'espace d'un instant sous sa paupière il avait alors eu la vision hallucinée d'un corps tranché net par une rafale de mitrailleuse, avec son chapelet d'intestins et ses jambes égarées. En plus des images atroces, les détonations des obus assourdissaient les soldats et installaient un silence bourdonnant à la place des voix tonitruantes dont la rumeur était le bruit de fond familier des tranchées. Comme ses yeux, les oreilles de René-Frantz le trahissaient et, dans la musique sommaire des acouphènes que lui causaient les explosions, il avait cru entendre le trille obstiné d'un oiseau, celui-là même qui dans son souvenir se mêlait à l'odeur d'une peau de femme quand dans l'été elle se confond à celle des pommes chues qui fermentent, dans la touffeur d'une fin de journée.

Et puis l'autre avait été là, avec cette tête pareille à un reflet sur un miroir parce qu'elle avait ce même air hagard que le sien avec des traits marqués par la fatigue, des lèvres tombantes et les rides creusées. Passé la surprise de se retrouver si près l'un de l'autre et l'effroi de devoir combattre au corps à corps ils avaient fait les gestes appris à l'instruction. D'une main ils avaient saisi leur couteau de combat et de l'autre ils avaient attrapé la main de l'adversaire qui empoignait la lame. Ils avaient serré si fort leurs poignets que le cran d'arrêt navaja de la Manufacture d'armes et cycles de Saint-Étienne et le couteau-poignard Deutscher-Dolch étaient tombés par terre et puis de l'épaule ils avaient poussé de tout leur poids pour se faire chuter. Au sol ils avaient cherché dans la boue à tâtons une arme, n'importe laquelle des deux, avec au ventre la panique que l'autre pût mettre la main dessus avant soi. En même temps qu'ils cherchaient, ils se formaient l'image mentale de leur mort et se figuraient le jour de l'annonce les yeux embués de larmes de leurs sœurs, dans des maisons basses et sombres. Après quelques secondes, comme ils ne trouvaient rien, ils avaient rampé pour combler ces mètres qui les séparaient et avec leurs pouces ils avaient appuyé sur des yeux, avec la grappe de leurs doigts ils avaient supplicié des couilles, de leurs dents ils avaient mordu des cartilages. Au-dessus d'eux la pluie d'obus et sa rumeur énorme avaient cessé, c'étaient maintenant des balles qui passaient et le cliquetis des mitrailleuses qui leur parvenait de loin ressemblait à une averse de fin de journée à la belle saison. Alors René-Frantz s'était souvenu de quelque chose d'heureux au pied d'un pommier un soir de juillet et ce souvenir qui remontait malgré lui l'avait distrait le temps suffisant pour que l'autre porte les mains à son cou et commence à serrer.

Dans son cerveau, sous l'effet de l'hypoxie qui grandissait, les images s'étaient brouillées puis quand l'air était venu à manquer presque entièrement, René-Frantz avait eu un sursaut et à la lisière de l'inconscience il avait essayé d'appeler, mais sa voix était restée aussi empêchée que son souffle. Enfin il avait sombré et il n'avait pas aperçu passer là-haut le Gotha G.III de vingt-trois mètres d'envergure ni n'avait entendu le vrombissement du six cylindres Mercedes de 260 chevaux. Il n'avait pas vu s'ouvrir la soute à bombes qui avait largué les quatorze charges de dix kilos dont une était tombée tout près et l'avait sauvé en déchiquetant de ses éclats le ventre et la tête de celui qui l'asphyxiait.

# 3

IL ÉTAIT revenu à lui pendant la nuit, sous la clarté épisodique des étoiles. La douleur lui était venue comme une onde, sèchement propagée dans les os, amplifiée dans les fibres de la chair, répandue en secousses à travers le réseau des nerfs, enregistrée dans la moelle et le cerveau. Ça venait d'en bas. La jambe gauche. Il ne pouvait plus bouger. Sa bouche était sèche avec un goût ferreux à cause du sang bu et de la soif. Comme il n'osait pas la regarder, il s'était fait l'image mentale de sa blessure. Il s'était figuré l'amas d'os et de tendons, les nerfs sectionnés, les éclats d'obus gris terne mêlés au blanc laiteux des cartilages, la rotule fendue en son milieu d'un éclair noirâtre qui ne disparaîtrait jamais. Il avait détaillé tout cela comme l'aurait fait une caméra filmant en gros plan et se déplaçant avec la même lenteur appliquée qu'un regard de médecin légiste. En même temps qu'il se représentait son genou blessé il hurlait mais le cri passait difficilement son pharynx : une déchirure qui aurait voulu s'élever et se résolvait en jappement d'animal supplicié, en miaulement empêché. Quand les étoiles avaient tourné il avait fini par regarder pour de bon, pour savoir à quoi s'en tenir et parce que tout cela aurait aussi bien pu n'être qu'un cauchemar, ou qu'il pourrait être passé de l'autre côté, celui des morts, et qu'à tout prendre s'il était encore vivant il valait mieux voir les choses en face. Il avait constaté que la blessure était mauvaise. Une boursouflure grouillante de larves beiges qui s'ébattaient, un monceau de chairs rubis, un réseau de cloques gonflées de pus. Il voyait aussi le champ de bataille et devinait des reptations de scolopendres parmi l'immense enchevêtrement de boue, de racines et de corps morts. La lumière de l'heure bleue teintait le champ de bataille de nuances de basalte et de cendre.

Au matin la neige s'était mise à tomber et l'assaut avait repris. D'autres étaient sortis de la tranchée, franchissant tant bien que mal le parapet de tir et ses sacs de sable amoncelés. Ils avançaient à grand-peine, régulièrement immobilisés en des poses grotesques par le sol qui les prenait. Des bombes neuves avaient éclaté là-haut comme des soleils qui auraient explosé. Il avait entrelacé ses doigts mordus par le froid et saisi sa tête dans ses mains. Juste sous lui dans la pente du cratère fait par une charge de dix kilos il y avait le visage et le corps déchiquetés d'un soldat allemand. Le ventre fumait.

# 4

Des cahots, des flashs. René-Frantz s'accroche des deux mains à la civière sur laquelle il a été hissé au terme d'un compte à trois temps. Après l'avoir attrapé aux épaules et aux chevilles, les soldats brancardiers ceints de leur uniforme bleu horizon l'avaient brutalement soulevé pour le déposer sur le tissu maculé tendu entre deux tringles métalliques. La douleur au genou avait été vive, ça lui avait lancé jusque dans la moelle. Il avait senti la décharge électrique parcourir le dos et se terminer aux vertèbres cervicales dans un frisson. Maintenant il faut retraverser le champ en sens inverse, vers l'ouest, et retourner jusqu'à la tranchée. La plaine est recouverte par plusieurs centimètres de neige fraîche. On dirait un grand drap blanc tiré sur le paysage comme un linceul mais il y a des embûches partout. Sous la couche de neige l'étendue est piégée par les cratères d'obus traîtreusement dissimulés. On s'arrête souvent : parce que ça explose à deux pas devant soi, qu'une crampe saisit la cuisse ou que pour en avoir le cœur net on prend le pouls d'un corps inanimé. À cela s'ajoutent les bottes qui s'enfoncent, les trous qui font choir, les mains jaillies de la boue pâle : des silhouettes à demi enfouies agrippent comme elles peuvent les jambes des brancardiers avant de se résoudre à lâcher. À l'approche du boyau, c'est encore plus difficile. Il faut passer les barbelés et le parapet, redescendre dans la tranchée. La civière bringuebale. René-Frantz se met à suer à grosses gouttes, il tremble, il a la nausée. Il sombre à nouveau dans l'inconscience en se grattant les poux.

# 5

De la tranchée René-Frantz est transféré à l'arrière dans un centre de soins infirmiers. Sur sa fiche d'évacuation qui est de la couleur bleue réservée aux blessés à opérer d'urgence, il est précisé qu'il a reçu en soins de premiers secours une injection de sérum antitétanique et une autre de morphine. Il est garroté. Le médecin aide-major formé directement auprès des équipes chirurgicales passe rapidement pour l'évaluer. En 1917, celui-ci a l'habitude et l'œil sûr. Il estime que la blessure peut guérir et que la marche sera à nouveau possible. Il n'est pas nécessaire d'amputer. On applique la méthode de Carrel : on extrait l'éclat d'obus, on excise toutes les chairs infectées et on lave la plaie avec des injections de liquide de Dakin. Pendant l'excision René-Frantz ne reçoit pas le nouvel anesthésique de synthèse, la novocaïne d'Einhorn dont l'emploi est encore rare. En revanche au cours des jours qui suivent, il continue à recevoir de la morphine. Malgré la réglementation de 1916 qui inscrit l'opioïde au registre spécial pour le tableau B et impose depuis lors aux pharmaciens une délivrance sur prescription, et malgré le retrait officiel en 1917 de la morphine de la pharmacopée de guerre, René-Frantz est de ces blessés trop lourdement dosés.

Il somnole constamment, il a froid. Il prend l'habitude des tremblements et des nuits trouées au cours desquelles il se réveille dix ou vingt fois, suant et balbutiant à la limite de la conscience des phrases commencées dans ses rêves. Il s'accoutume à cet état de faiblesse cardiaque constant, cette lenteur du sang dans les veines qui lui donne des vertiges lorsqu'il se redresse pour manger. Les injections durent pendant deux semaines au terme desquelles il sait se les pratiquer seul. Après quoi on le sèvre. Alors pendant quarante-huit heures son système nerveux central est sollicité à l'excès : il libère en trop grande quantité de la noradrénaline et de la dopamine, ce qui lui provoque des crises d'angoisse, de l'hypertension et de l'insomnie. Mais le pire est au troisième jour quand il s'endort et fait un interminable cauchemar.

Il est dans un champ. Il avance difficilement car sa marche est empêchée par les sillons du labour qui sont profondément creusés. Il pleut et la pluie rend la terre lourde à ses pieds. Malgré ses efforts il s'enfonce un peu plus à chaque pas. Les semelles de ses brodequins de soldat se chargent de boue. Lorsqu'il baisse les yeux pour les regarder il constate qu'ils sont abîmés. Les clous qui maintiennent le cuir à la semelle sont rouillés et le cuir lui-même est boursouflé, comme couvert de cloques. Ses pieds rougis lui font mal. Il les devine gonflés, criblés d'abcès. Il sait comment ça s'appelle : le pied de tranchée. Pourtant, en dépit de cette affection et de son uniforme il n'est pas là pour faire la guerre. C'est un ouvrier agricole comme il en aperçoit d'autres dans le champ. Son travail est de récolter des betteraves. Il se penche pour les prendre et les amasser dans un grand sac en toile. Le geste est répétitif et éreintant mais René-Frantz éprouve un soulagement profond de ne pas être à la guerre. Il s'applique à fouiller la terre avec ses mains pour en extraire les betteraves qui ressemblent à de très grands radis. Les nervures des fanes sont d'un beau rouge purpurin, mais lorsqu'il ouvre le sac les tubercules qui sont à l'intérieur se sont métamorphosés en obus : des shrapnels allemands de 88 mm qui font la taille d'un poing. René-Frantz sent toute la force de mort contenue dans les bombes et, bien qu'il s'immobilise d'effroi, les charges explosent. Les balles de plomb qui sont projetées lui déchirent le ventre auquel instinctivement il porte ses mains pour comprimer les plaies et contenir l'hémorragie. Il y a beaucoup de sang. Une grande quantité au niveau du foie et de là huit lignes rougeoyantes qui s'étendent vers les flancs, quatre de chaque côté. Alors la masse sanguinolente s'anime et, au moment où René-Frantz comprend que c'est une gigantesque araignée vivante, il se réveille.

Le cri imprononcé trois semaines plus tôt sur le champ de bataille passe enfin sa gorge. Il hurle à la mort. Il est en nage. Bientôt la nausée qui lui vient est si forte qu'elle lui coupe le souffle et la parole. Il hoquette, agrippe l'habit blanc de l'infirmière de la Société française de secours aux blessés militaires vite accourue qui repose d'un geste doux et ferme la main de René-Frantz sur le drap. Lorsqu'il sombre à nouveau, c'est cette fois-ci pour un sommeil profond et sans rêve.

## 6

LE MATIN suivant on le met debout d'autorité. Après qu'il s'est redressé et s'est assis au bord de son lit, le médecin aide-major commande à deux infirmiers de l'attraper, de le soulever et de l'épauler. Ainsi maintenu, on lui demande d'essayer de marcher. Non seulement il n'y parvient pas mais même la jambe valide répond mal : elle est démusclée par la période d'alitement, et l'état de faiblesse général de René-Frantz est tel que sa cuisse droite tremble violemment avant que sa cheville ne se dérobe. Comme le médecin aide-major insiste, les deux infirmiers avancent de quelques pas tandis que René-Frantz, impuissant, regarde sous lui traîner ses deux jambes ballantes et sent ses orteils racler le sol.

Les jours d'après le médecin ne vient plus, seuls les deux infirmiers tirent et traînent le blessé en se cognant aux angles des lits de fer. Pour que ça revienne ils l'exhortent à faire ce qu'il peut, au moins poser la jambe droite, au moins claudiquer. Au fur et à mesure effectivement les muscles se souviennent : dans la cuisse le quadriceps et dans le mollet le triceps sural retissent suffisamment de fibres pour porter le poids du corps. René-Frantz progresse. On remplace un des infirmiers par une béquille, puis les deux. Dès lors qu'il est mobile, on le renvoie chez lui avec la paire de béquilles en pin qui lui blesse les dessous-de-bras.

## 7

RENÉ-FRANTZ se tient droit face au miroir, il regarde son allure devant la glace : la barbe hirsute, la chemise mal boutonnée, la stature d'homme avec sa blessure misérable, les deux bouts de bois blanc sous les épaules, la cicatrice violacée en forme de crochet dont la couleur peu à peu brunira, virant au prune puis tirant sur le noir.

Il lâche les béquilles et s'efforce de faire porter l'appui sur ses deux jambes. Il s'applique. Il se tient d'abord à cloche-pied sur sa jambe valide puis pose les orteils du pied gauche sur le plancher. Alors il sent d'un coup le figement électrique d'une résille de nerfs qui se révolte mais, pour tenir, il mord dans sa bouche un bout de cuir imaginaire et déroule quand même lentement toute la voûte plantaire jusqu'au talon. Il sent perler une goutte de sueur à son front strié par des rides que la contraction de l'effort creuse profondément. Malgré tout ça ne fonctionne pas, il ne parvient pas à se tenir immobile sur ses deux pieds sans chanceler et rebascule brusquement tout le poids sur la jambe droite pour ne pas tomber.

Parfois il essaie de se projeter en avant pour faire un pas, espérant que le corps par un mouvement réflexe se souviendra et que cette mémoire sera plus vive que la douleur. Dans ces cas-là il regrette la seringue de Pravaz dont l'aiguille creuse rend l'usage tellement facile qu'on peut s'injecter soi-même la solution de chlorhydrate de morphine. Après avoir lâché ses béquilles et s'être tenu un temps en équilibre sur sa jambe droite, il engage ses épaules vers l'avant mais lorsqu'il porte l'appui sur sa jambe gauche, le genou le lance si fort que son pied se dérobe et à tous les coups il chute.

Après ça, étendu au sol sur le dos, agité de spasmes nerveux, il rêve qu'il met le feu à son état de services dactylographié par le ministère des Armées dont la rubrique "Actions d'éclat et citations" porte l'ordre du régiment n° 159 daté de 1917 qui dit qu'il a un moral élevé, énergique, qu'il est souvent prêt à s'employer aux missions dangereuses et qu'il a été grièvement blessé avec gloire. Alors le feu se propage et se transforme en un incendie gigantesque. Il voit des flammes courir dans les forêts et sur les plaines, gagner les herbes folles sur les sentiers côtiers, dénicher des animaux terrés, calciner des étendues de bruyères mauves. Dans sa vision le monde entier brûle. Depuis l'Europe l'incendie s'étend vers le nord, gagne des toundras sauvages aux tigres disparus et consume à l'orient des presqu'îles rougeoyantes sur lesquelles s'allume la torche d'un phare. Par-delà les détroits, dans des flammèches que le vent porte au-dessus des mers, l'incendie gagne les lichens des îles du Groenland et vient lécher des glaciers noircis, des neiges sur lesquelles retombe un grand nuage de cendres. Au sud dans une Australie qu'il ne verra jamais, le feu dessine un anneau au centre de braises ardentes qui va s'épanchant vers les côtes, à l'est le long du Pacifique et de ses coraux blanchis, à l'ouest sur l'océan Indien. Étendu là sur le plancher il reste un peu plus qu'il ne devrait, tandis que la mappemonde imaginaire qu'il contemple au plafond déploie sur toutes les terres connues sa vision pyromane.

## 8

DEHORS, c'est le printemps puis l'été. Un soir, alors qu'il recommence pour la énième fois le même exercice, ça tient. Il chancelle et pose la main sur le dossier d'une chaise, s'y assied. Au fil des jours, il coche dans un carnet le nombre de pas qu'il parvient à faire. Il y a les bonnes et les mauvaises semaines, l'évolution lente, les échecs et les progrès. Quand la douleur foudroie, il pense aux chevaux qui se cabrent dans les écuries, qui hennissent et qu'on abat d'un coup de pistolet automatique Star lorsque l'antérieur est brisé. À l'inverse quand ça tient, il pense aux lourds sabots ferrés qui fouillent la terre et frappent le sol, puis il se représente l'instant miraculeux où le galop est une sorte d'envol, un temps de suspension et de vitesse pure, la crinière agitée dans le vent. Il rêve l'intervalle entre deux *tagada*, cette paix au terme d'un rythme à trois temps, ce calme né du bruit syncopé de la cavalcade. Il se souvient d'avoir appris enfant dans ses cahiers d'écolier le nom et l'histoire de Pégase, le cheval ailé. Il se dit que pour tous les chevaux de la terre ce sont les ailes de Pégase qui se déploient dans le silence suspendu entre deux foulées.

Pendant sa rééducation solitaire il pense si souvent aux chevaux et il s'y identifie si bien que lorsqu'il est dans sa salle de bains il lui semble en voir l'image réfléchie sur le miroir devant lui : son visage lui paraît changé, ses cheveux d'un noir profond ont des reflets comme les crins d'une jeune crinière, ses maxillaires ont l'air démesurés. Sa tête est étrangement allongée, ses yeux exagérément agrandis. Il détaille ces transformations tout en balançant de gauche et de droite son long cou musculeux. Il inspire l'air par ses narines si dilatées qu'on dirait des naseaux. Enfin comme il s'approche du miroir, la glace s'ouvre en son centre et René-Frantz y engloutit son visage en entier.

# 9

Reparti aux armées le 18 septembre 1917, il prend à compter de l'hiver 1918 la tête d'une section de mitrailleuses de position, une des rares charges de l'armée d'active sur le front compatibles avec son infirmité. Au grade de sous-lieutenant il commande douze mitrailleuses Hotchkiss de 8 mm à tir automatique. L'ordre n° 35 du 7 juin 1918 qui figure en annexe de son état militaire tamponné par le service historique des archives de l'armée de terre fait état de ce que le 27 mai, lors de l'offensive du Chemin des Dames, il a causé de lourdes pertes à l'ennemi, qu'il n'a évacué ses positions que par ordre et qu'il s'est ensuite distingué par sa bravoure dans les combats des 28, 29 et 30 mai 1918.

# 10

Au premier jour de l'automne 1918, le 21 septembre, René-Frantz est nommé lieutenant par décret puis il est détaché au 500e régiment d'artillerie d'assaut, au camp de Cercottes. C'est un aérodrome d'où décollent des Farman F.50 et des Nieuport auxquels il ne s'intéresse que vaguement. En revanche, comme il a pris goût à la mécanique des armes, il s'intéresse de près aux chars : des Renault FT-17 équipés de tourelles pivotantes à 360 degrés, les véhicules de combat blindés et chenillés les plus efficaces de la Première Guerre mondiale, les chars de la victoire.

À cette époque il a encore constamment mal à la jambe. Un an et demi après le sevrage morphinique, son sommeil demeure troué. Il arrive que l'araignée revienne. Voilà longtemps qu'il a abandonné les béquilles mais sa claudication reste marquée. Durant le jour il apprend le fonctionnement et le maniement des FT-17 et à la nuit il va visiter les chevaux. Il entre dans les écuries, caresse des crinières fauves, apaise d'un geste de la main des ruades nerveuses. Dès qu'il en a le loisir il va à la carrière regarder la ronde des montures. Il aime le sable léger qui jaillit des sabots, les volutes de poussière dorée qui s'élèvent et floutent les silhouettes chevalines dans l'été indien qui s'étire. Le cavalier qui se tient au centre avec sa longe parle aux bêtes avec justesse. Il module la force et la hauteur de sa voix pour représenter les allures, il claque de la langue pour rythmer les foulées.

Après un peu moins d'un mois de cet emploi du temps d'insomniaque, la nuit du 24 octobre, René-Frantz réveille dans l'écurie un des chevaux, installe un marchepied et ravale le cri de douleur qui lui vient au moment d'enfourcher. Il monte à cru pour mieux sentir à chaque foulée la brûlure acide des nerfs parcourir l'étendue de sa moelle et éperonne comme il peut de sa jambe meurtrie le flanc aux côtes saillantes. Il sent sous lui la monture qui s'emballe et quitte le périmètre du camp de Cercottes pour aller cavaler dans l'immense forêt d'Orléans sur l'une des allées forestières qui servit autrefois aux chasses royales. Comme, la nuit, le bois est propice aux visions, il semble à René-Frantz que son cheval déploie des ailes, qu'il s'élève pour fendre des ramées de chênes et de saules, puis qu'il se hisse par-delà la canopée pour dessiner sa silhouette en ombre chinoise sur le disque de la lune, pleine cette nuit-là.

# 11

LE LIEUTENANT a trouvé sa manière à lui de monter malgré sa jambe blessée. Il donne ses instructions par des chuintements glissés à l'oreille de celui qu'il a arbitrairement renommé Pégase et qui n'obéit plus qu'à sa voix. En plein jour, aux exercices, le cheval se cabre, hennit, fait chuter l'un après l'autre les cavaliers qui ne comprennent pas ce brutal changement de caractère. Avec René-Frantz au contraire il est docile.

La première nuit de novembre ils s'engagent à nouveau sur une des allées de la forêt d'Orléans. Dans le couchant, la robe noire de Pégase arbore des reflets carmin qui lui donnent des airs de bête infernale, de monture pour le diable. On entend des feulements, le vent répand une odeur de sang séché. Passé le crépuscule, la seule clarté qui subsiste provient d'un mince croissant de lune et de la tache lumineuse que fait son reflet dans un étang au bord duquel on devine la silhouette d'un renard fouissant de son museau la chair de sa proie. Ils quittent le réseau des allées larges pour prendre des chemins plus étroits, puis des sentiers à peine marqués. Après minuit René-Frantz met pied à terre. Il cherche le bon arbre.

Il frappe les écorces du revers de la main pour écouter le son qu'elles produisent. Avec ses narines il hume profondément les parfums de sève. Il accole son oreille contre les troncs pour entendre le bruissement des vaisseaux circulant dans le xylème, le grand réseau de minuscules canaux qui parcourent l'aubier et le duramen. Quand il trouve le bon arbre il s'arrête. Alors il sort la hache qu'il a affûtée à l'atelier le matin même. Il se met au travail. Il assène les coups avec des ahans. Il arme les bras pour envoyer la cognée bien haut dans un mouvement aux grâces de discobole et rabat l'outil emporté par le lourd poids d'acier. Il fait de larges entailles qui découvrent un bois vert et font s'écouler de grandes quantités de sève. Il révèle les cercles concentriques dont l'espacement raconte la vie des éruptions solaires puis il fend le cœur, ce bois particulièrement dense qui est au centre. Enfin la mince section vierge sur laquelle repose tout le poids du tronc se déchire et l'arbre tombe au sol. René-Frantz isole une bille d'un mètre. Les copeaux jaillissent dans l'air comme plus tôt les étincelles avaient jailli de la hache, et finalement le bois se fend d'un coup avec un bruit mat. La section isolée est harnachée solidement à Pégase qui traîne la bille sur le chemin du retour.

# 12

LE LENDEMAIN René-Frantz se rend à l'atelier de menuiserie du camp, un espace sommairement aménagé sous tente et composé en tout et pour tout d'une meule à aiguiser et d'un établi avec son mur à outils. La plupart du temps il n'y a personne. Là, avec des burins, des gouges, des ciseaux à bois, des fermoirs et des maillets il entreprend de sculpter son visage. La mâchoire virile a des dents à déchiqueter des viandes crues et le regard volontaire est d'un homme qui sait la violence. L'arête du nez est droite, le front est haut, décidé, la chevelure fournie a des ondulations sensuelles. Mais malgré lui la figure arrachée au bois a la forme équine de la tête de Pégase. Le nez hypertrophié est une arête formée par un os nasal de quarante centimètres et terminée par deux trous trop grands pour être des narines. La bouche étirée s'ouvre sur des dents démesurées. Les incisives sont des pinces et des coins, les canines sont espacées des molaires enfoncées vers l'arrière. L'os frontal continue la ligne du nasal sans rupture et sans bomber. L'occipital au-dessus du crâne est à peine concave. Pour corriger les lignes, René-Frantz rabote au ciseau la protubérance du nez, il dégrossit tant qu'il peut les traits à l'aide des gouges, divise par trois le rayon des orbites au moyen des fermoirs et amincit la bouche. Surtout il marque d'une courbe nette la césure entre le front et le nez. Au final il parvient à former une figure qui ressemble à la sienne mais ce n'est pas vraiment lui non plus. C'est encore raté : la mâchoire est un peu trop fine et la ligne du nez trop douce. Les yeux surtout sont empreints d'une tristesse qu'il ne se connaît pas, lui qui préfère pour l'instant écumer de colère et empoigner à la nuit la crinière d'un pur-sang. Sur la sculpture, ses traits mêlés à des traits inconnus composent sans qu'il le sache le visage de son petit-fils. Mon visage.

# 13

PÉGASE a l'œil voilé d'une taie blanche, le flanc suinte un sang noir mal coagulé, la plaie est visitée par des mouches qui vont et viennent, stationnent, butinent cette mort liquide, fourrent leur trompe dans la lymphe visqueuse. Elles tourmentent aussi les yeux, la bouche, tous les orifices et leurs muqueuses. Le cheval est sur le côté, ses muscles sont sans ressort et son cuir sans reflets. La robe d'un noir chatoyant et irisé a viré charbon mat. Le corps fuselé avec son cœur capable de battre à deux cent quarante au galop et ses antérieurs d'un mètre soixante-dix au garrot respire mal. Quand René-Frantz le voit dans cet état, son genou le lance. Il fend l'attroupement des hommes amassés puis s'approche du cheval avant d'enserrer son encolure avec ses bras. Il demeure ainsi un long moment au milieu du cercle que font les autres qui ne savent pas pour les chevauchées à la nuit. Tout le monde sent qu'il faut sortir de l'étui le pistolet automatique Star mais personne n'ose couper court.

On se demande si le lieutenant est devenu fou ou si on a manqué quelque chose, on se sent mal à l'aise et après un moment on s'en va.

Un peu plus tôt Pégase avait refusé d'être monté. Dans une ruade il avait jeté bas la selle et s'était débarrassé du harnais. Il avait balancé la tête violemment de côté au moment où les cavaliers avaient tenté de glisser le mors entre ses dents. Il avait frotté bruyamment le sabot de l'antérieur droit et henni, comme une mise en garde, mais ceux-ci avaient insisté quand même et ils s'y étaient mis à plusieurs pour le harnacher de force. Ils l'avaient maintenu pendant qu'un d'entre eux mettait la botte dans l'étrier d'acier. Pégase s'était emballé mais à leurs yeux c'était comme un jeu, un rodéo. Ils ne faisaient pas cas de son cœur qui était à un autre en secret, de cette joie qu'il avait eue à respirer dans le bois d'Orléans le parfum de la sève et qui le faisait désormais haïr l'odeur des bottes vernies. Ils ignoraient ce pli qu'il avait pris d'aller l'allure qui lui plaisait le mieux, cette foulée sans poids par laquelle miraculeusement il parvenait à s'élever au milieu des ramées. Comme ce n'était pas un jeu, Pégase avait accéléré et quand un homme face à lui avait fermé de ses bras étendus l'accès aux allées forestières, il s'était cabré avec une violence telle que celui qui le montait était tombé à terre la jambe brisée. Dans le chaos qui avait suivi, une balle avait été mal tirée et s'était logée près du cœur.

Au soir la paille est couverte de sang et René-Frantz s'est endormi contre le cheval, chauffé aux derniers relents du corps meurtri. Il inaugure sous ses paupières le regard triste qui filtrera à travers le temps, et à la commissure de ses lèvres il a cette inflexion grave qu'on voit à ceux qui sont malheureux.

# 14

APRÈS la mort de Pégase et qu'une délégation de l'armée allemande est dirigée depuis la gare de Tergnier jusqu'à une futaie secrète du bois de Compiègne où Erzberger reçoit l'ordre de signer l'armistice dans la matinée du 11 novembre, le lieutenant Préclaire reste dans l'armée de terre.

Il ravale sa plainte, il échange sa peine pour une colère froide. Il prend l'habitude de serrer son poing jusqu'à ce que ses phalanges soient déformées. Il loge au fond de son crâne l'image mentale de la tête de son cheval. Celle-ci est si ancrée qu'il lui semble parfois à la nuit que leurs os se sont suturés et qu'au matin dans la glace il verra une figure hybride, mi-homme et mi-cheval. Le 4 février 1919 il est détaché sur Barbery à destination du 500e régiment d'artillerie. Comme il a pris goût à la connaissance et au maniement des FT-17 et qu'il en fait la demande, il est affecté le 10 septembre de la même année à la 303e compagnie de chars de combat qui appartient à l'armée d'Orient.

## 15

À L'ISSUE de l'armistice de Moudros, la ville de Constantinople est occupée par les armées françaises, britanniques et italiennes. À partir du 13 novembre 1918 des troupes alliées s'installent qui prennent leurs quartiers dans les hôtels, les écoles et les hôpitaux. René-Frantz arrive en novembre 1919. Sur une carte d'époque on peut voir le chemin qui passe par Besançon, Zurich, Innsbruck, Laibach, Agram, Belgrade, Vidin, Sofia, Philippopolis, Adrianople, et puis qui enfin débouche sur la mer de Marmara, le Bosphore. Avant de partir il s'est figuré qu'il lui faudrait rester assis des jours entiers à l'arrière de camions qui cahotent, le corps serré contre d'autres corps chahutés. Il s'est promis de rester impassible sous le soleil trop fort et sous la pluie à peine filtrée par la toile. Finalement, comme pour des raisons politiques et logistiques il s'est avéré trop compliqué de passer par la terre, les troupes sont convoyées par la mer depuis Toulon. Bien que ce soit l'automne, le pont du bateau de transport de troupes est drapé de soleil, ce qui fait que les hommes ne peuvent y demeurer qu'aux heures fraîches du matin. Le reste de la journée il leur faut stationner sous le plafond de la cale qui est trop bas, et d'avoir à se tenir ainsi à demi voûté rappelle à tout le monde les tranchées. La nuit on dort sur des paillasses jetées au sol ou des hamacs suspendus. L'air est lourd, le sommeil du lieutenant est léger, halluciné d'un enchevêtrement d'images. L'araignée rouge ne vient plus le hanter mais d'autres visions le tourmentent.

Pendant que le navire quitte le golfe du Lion, passe les mers Ligurienne puis Tyrrhénienne, s'engage dans le détroit de Messine, traverse la mer Ionienne au large du canal d'Otrante, longe les côtes d'Albanie et de Grèce pour gagner successivement les trois mers grecques : la mer de Crète, la mer Égée et la mer de Thrace et qu'enfin il débouche dans la mer de Marmara où accoster sur les rives du Bosphore, le lieutenant retourne malgré lui en rêve dans le boyau. Une sape profonde de deux mètres équipée d'échelles et de gradins avec des angles droits tous les dix mètres. Elle forme vue du ciel un motif de zigzag. Elle est creusée dans une allée de la forêt domaniale d'Orléans, au plus près de l'ennemi qui se tient tapi dans le bois, embusqué derrière les troncs, camouflé sous des lits de feuilles chues aux teintes rousses et orangées. Il faut sortir mais l'échelle est glissante. René-Frantz s'y reprend à plusieurs fois. Il ripe puis s'agrippe et à force d'insister il parvient à s'extraire. Il passe le talus, s'accroche aux barbelés et gagne l'espace boisé. Paniqué, il se met à courir au hasard sur des chemins étroits en regardant de tous les côtés de peur que ne surgisse un soldat ennemi qui l'abattrait. Il bifurque sur un sentier qui serpente et s'enfonce profondément dans la forêt avant de se rendre compte qu'il s'est perdu. Il ne sait plus du tout s'orienter. La lune est masquée par l'écran des nuages qui se sont déplacés. Tous les arbres se ressemblent, il ne repère pas les différences sur les motifs des écorces des trembles, des chênes pédonculés et des frênes qui l'entourent. Il se met à pleuvoir. Dans les taillis quelque chose bouge. Une gueule sort des branches. C'est celle d'un cheval qui découvre sa robe noire et s'approche avant de le dépasser. Il traîne une bille de bois sur laquelle René-Frantz croit reconnaître le dessin de son visage. Mais ce n'est pas vraiment lui. Les traits sont plus doux, l'arête du nez moins marquée. Nous nous regardons de part et d'autre de la surface de bois sculptée tandis que la pluie tombe plus dru et que le cheval s'éloigne. René-Frantz voudrait le rejoindre mais il ne peut pas parce que le sol est si trempé que ses brodequins restent pris dans la terre spongieuse. Enfin, comme le ruissellement de l'eau perce le sous-sol calcaire, le lieutenant Préclaire s'engloutit dans la terre ouverte sous lui, en un point d'où s'étendent des ondes circulaires, comme si le sol était une eau à la surface de laquelle quelqu'un avait jeté une énorme pierre plate.

# 16

À CONSTANTINOPLE, en marge de ses activités militaires, il apprend à nager. Ça se passe dans le port, le long de quais aux pilotis mangés d'algues brunes encombrées de cordages, entre des caravelles aux voiles bordeaux dont les coques sont grossièrement jointoyées de bitume. Il vient seul. Il sait que certains soldats savent nager et pourraient l'aider à apprendre mais il ne veut pas. Il vient le matin très tôt ou le soir, si bien que la lumière est toujours belle. Le ciel et la mer passent par tout le prisme des teintes ocre et bleutées tandis que le soleil disparaît dans sa propre forme oblongue ou se dédouble en son reflet. Au début il s'accroche fermement à un pilotis des deux bras et il fait comme il peut des mouvements avec les jambes. Il s'aperçoit que lorsqu'il bat des pieds ou fait des ciseaux, sa jambe gauche répond mieux que sur le sol. Même si elle est démusclée et douloureuse, elle n'accuse pas tant d'écart avec la droite que lorsqu'il s'agit de marcher et, au fil des jours, il gagne en force. Quand il est suffisamment assuré, il s'essaie à lâcher quelques secondes le pilotis avant de s'y raccrocher. Peu à peu il augmente la durée. Il apprend à faire l'étoile et découvre la joie qu'il y a à ne plus entendre les bruits qu'estompés quand les oreilles passent juste sous la ligne d'eau. Il prend goût à cette posture dans laquelle il éprouve le grand calme d'un silence amniotique. Il bat des jambes pour avancer et, comme la gauche est quand même moins puissante, il fait un cercle d'un petit diamètre avant de retrouver sa position initiale. C'est sa première façon de nager. Après, il s'aide de ses bras qu'il engage vers l'arrière puis ramène le long de son corps en prenant appui sous l'eau avec ses paumes. Cela lui permet de faire exactement le même petit cercle mais plus vite. Il lui faut un certain temps pour apprendre à compenser avec les bras l'écart de force entre ses deux jambes. Pendant qu'il ajuste l'effort du bras gauche qui pousse plus vigoureusement sous l'eau que le droit, on voit le cercle qu'il fait s'agrandir et devenir une spirale ouverte jusqu'à ce qu'il s'en aille au-delà de la digue en pleine mer et qu'au milieu des vagues lui vienne, enfin, l'oubli des cavalcades.

## 17

TROIS années s'écoulent ainsi durant lesquelles il se baigne dans la corne d'or et arpente la ville de sa démarche boiteuse. Sans chars ni chevaux ni mitrailleuse, le service consiste seulement à faire des rondes à pied avec le pistolet Star visible à la ceinture. Le plus souvent René-Frantz ne sort pas du triangle dessiné par le palais de Topkapı, le grand bazar et la mosquée bleue à la pointe de la péninsule. Dans les rues pavées de travertin, à Babiali ou Yerebatan, la botte sonne clair. En revanche dans les ruelles encombrées qui cerclent les soixante-cinq allées intérieures du grand bazar, le pas cadencé se heurte à la foule toujours nombreuse, aux chats qui pullulent et aux étals des marchands. Aux jours de liberté il va dans les parcs respirer les lauriers, les tilleuls argentés et les marronniers d'Inde ou bien il va plus loin par la colline Fatih et celle de Yavuz Selim jusqu'aux remparts. Il se fait raconter la légende qui dit que sous le règne du sultan Mehmet II le franchissement à cheval de la porte impériale était réservé aux seuls sultan, vizirs et ministres étrangers. Campé sous l'arche de la porte d'or il rêve les anciennes processions, quand tous les hommes sauf un mettaient pied à terre à l'approche de Yedikule, la forteresse des sept tours. Les Constantinopolitains sont amassés pour voir l'armée entrant dans la ville. Sous les larges blocs de marbre blanc poli qui tiennent ensemble sans ciment, un cavalier va devant tandis que tous les autres, janissaires et soldats, sont mêlés à la horde des chevaux dans un fatras d'armes courbes, de gueules et de poussière. Là-bas le muezzin prolonge son appel. Sur la note longuement modulée, un hennissement se détache et s'élève dans le ciel bleu de lapis-lazuli, la même teinte exactement que celle du toit de la mosquée qu'on ne voit pas d'ici mais qui est au loin sur la perspective.

Au soir le lieutenant Préclaire va au port regarder les rameurs qui partent pour pêcher sous les étoiles. Ils reviendront les filets chargés de bonites et de turbots. Dans son cœur l'extase est mêlée à une violente mélancolie. Le lendemain il pénètre dans le bureau de poste militaire de Stamboul et adresse en France sous pli timbré avec l'indicatif 506 C le poème intitulé *Nuit d'Orient* qu'il a rédigé durant sa nuit d'insomnie. Il y est question d'une souffrance que la beauté de la ville exacerbe tant qu'il en vient à désirer mourir.

De main en main, le poème manuscrit dans lequel il a inscrit sa pulsion de mort me parvient à l'été 2021, soit quatre-vingt-dix-neuf ans exactement après qu'il est rapatrié sur la France le 1er août 1922. En 1923 la victoire de l'armée turque au cours de la guerre d'indépendance amène à la signature du traité de Lausanne et les dernières troupes étrangères quittent la ville le 2 octobre.

## 18

À SON RETOUR René-Frantz passe au 516e régiment de chars de combat stationné à Angoulême, puis au 517e qui est engagé au Maroc par décision de l'état-major, ce qui fait qu'à Bordeaux le 19 mars 1926, il embarque pour Casablanca où il débarque cinq jours plus tard. Comme à Constantinople il y a la mer dans laquelle il va nager et comme en Orient la chaleur exaspère sa tristesse et son désir. Cette fois-ci le poème qu'il écrit parle *d'une fièvre d'amour* et évoque son tourment. Mais la ville au silence angoissant dans laquelle son cœur se serre n'est qu'une étape. Engagé dans la guerre du Rif qui tire à sa fin, il est dirigé vers le nord et soutient la progression de l'armée qui ouvre la route d'Ajdir. Sa connaissance des FT-17 est désormais très bonne et, si j'en crois un ordre d'août 1926, il se signale, ainsi que huit ans plus tôt lors de l'offensive du Chemin des Dames, par son aptitude à soutenir le feu de l'ennemi : "Véritable artisan de la mise au point des chars de la Compagnie, joint à une grande valeur technique un courage et un sang-froid incomparables. Le 24 mai, à l'attaque du plateau de Doulekenne, s'est dépensé sans compter pour assurer le dépannage des chars de la Compagnie malgré le feu violent de l'ennemi."

Après avoir tripatouillé des trains de roulement et huilé des moteurs sans faillir sous des tirs nourris, il rentre au mois d'octobre.

## 19

En 1929 il est inscrit au tableau d'avancement pour le grade de capitaine et mis en repos de fin de campagne pour soixante-quinze jours. Comme à cette époque la Côte d'Azur devient une destination populaire pour les congés, René-Frantz accompagne ceux de ses camarades de caserne qui ainsi que lui sont relevés du service pour l'été et profite de ce temps de liberté pour gagner Cannes depuis Angoulême où il est alors en garnison.

Endimanché, il va sur la promenade courtiser des demoiselles indifférentes dont les chapeaux pastel aux teintes bleu ciel, vert amande ou rose poudré disent la fadeur du sang et dont les mises apprêtées tentent de dissimuler la banalité des traits, l'air uniformément imbécile, la cambrure trop sage. Parfois elles l'accompagnent, minaudent, rient pour la forme avec une main qui cache alors les dents incapables de mordre et la lèvre trop fine, vieillie déjà, pincée. Aussitôt qu'il marche à leur côté avec cette saccade désagréable qui les irrite, elles regrettent d'avoir donné le bras pour quelques pas. Cette claudication les offusque, effraie leur désir de porter un enfant au creux du ventre. Après quelques minutes elles essaient une excuse, prétextent un soleil déjà haut, une fringale, un malaise. Elles ébauchent des demi-révérences entendues et s'éloignent à pas feutrés, le chapeau bien fiché sur la tête, les reins qui ne balancent qu'à peine.

## 20

SUR LA Croisette la vicomtesse du Lymon marche accompagnée de ses suivantes. On dirait que les fleurs des parterres éclosent à leur passage. Des roses épanchent leurs pétales puis flétrissent aussitôt, des grappes d'hortensias s'ouvrent en bouquets d'indigo et sèchent en petites formes brunes, passées. Malgré la chaleur accablante les trois jeunes filles qui suivent la vicomtesse Marie-Thérèse Cauvet de Blanchonval portent des robes noires unies, des modèles très classiques à la coupe trapèze. Elles sont pâles parce qu'elles passent leurs jours et leurs nuits à rêver d'amour en secret. Il arrive que dans les heures de service au milieu d'un dîner, pendant qu'elles se tiennent bien droites et les lèvres pincées, elles sentent à leur cou le pouls s'accélérer et battre trop fort sous la morsure d'un baiser. Alors elles jettent un coup d'œil à la ronde et elles voient aux silhouettes qui se tiennent à chaque coin de la pièce ce même soubresaut étrange que celui qui les saisit.

Un voile ombrage la pupille, les jambes cèdent et le corps perd l'équilibre. Cela ne dure qu'un instant. Elles se reprennent vite, rajustent leur maintien et répriment le frissonnement du baiser fantasmé en plantant de toutes leurs forces les incisives dans la lèvre inférieure. Elles boivent ce petit peu de sang. Elles corrigent la cambrure et lissent l'habit d'un mouvement machinal de la main.

Dans les chambres en soupente pendant les heures d'obscurité elles soupirent, se chuchotent à elles-mêmes des vers tendres, se retournent dans des froissements de draps qui semblent des chuintements de plantes. Leurs chevelures démêlées bruissent et ondulent. Après s'être avoué malgré elles dans les images du sommeil ce qui les agite et les tourmente, il leur arrive de chanceler lorsqu'elles se lèvent brusquement pour aller à la fenêtre respirer la fraîcheur au milieu de la nuit. Parfois au réveil, tandis qu'elles sont encore allongées, elles répètent un battement de cils dont le mouvement ralenti et l'alanguissement parlent de rendez-vous ou cherchent de l'index la marque neuve d'un suçon qu'il faudra dissimuler sous le col empesé. Levées au matin, elles dressent les chignons avec leur rotondité parfaite de poing serré, elles ferment les corsets alternativement et deux à deux, avec ce geste sec qui tend le lacet et leur coupe à chaque fois le souffle quoiqu'elles soient prévenues et rodées à l'exercice.

Comme elles n'ont presque pas dormi, elles ont le teint pâle sous l'ombrelle et elles font la moue tandis que l'arc sévère des sourcils couve des fragments de visions interdites. Le pas est régulier cependant car elles sont habituées à marcher en cortège. L'après-midi est longue et la promenade est sans but, simplement Marie-Thérèse a voulu sortir, prétextant qu'elle avait besoin d'air. Il n'y en a pas. C'est l'heure la plus chaude, le sol semble engluer les souliers cirés, le soleil est d'un plomb rougi par l'incandescence d'août qui fait vibrer l'air comme un essaim de sauterelles. Les parfums agacent de suavité lourde.

## 21

MARIE-THÉRÈSE, qui est aussi pâle que les autres, porte quant à elle une robe d'été Jacques Doucet d'un rouge éclatant dont la coupe moderne laisse les bras nus. Lorsque René-Frantz la voit, il sent la force émanant du halo invisible qui s'épand autour d'elle incurver la ligne de sa vie. Elle jette dans l'oubli toutes les figures passées. Le parfum d'une peau de jeune femme qui lui était revenu sur le champ de bataille s'évanouit, les souvenirs pastel de juillet se défont, les Orientales se confondent. Elle met d'autorité son visage sur la forme évanescente à laquelle il avait rêvé dans la nuit de Casablanca dont le silence aiguisait son angoisse. Il éprouve dans son genou le même élan électrique que celui qui l'avait saisi au spectacle de Pégase agonisant et il a subitement très soif. Il voudrait éteindre cette sécheresse soudaine dans sa gorge en buvant à la fontaine qui est à trois pas de là et se rafraîchir en plongeant son visage dans le bassin, mais il ne peut pas parce que la surface de l'eau, réfléchissant le soleil, semble aussi brûlante et impénétrable que du métal en fusion. Alors, il ne bouge pas. À peine s'incline-t-il lorsque Marie-Thérèse passe et tourne insensiblement vers lui son visage. Ce qu'il ignore, c'est qu'à cet exact moment, alors qu'elle bat des paupières, dans le temps infime où le voile de chair dissimule à son iris les traits lumineux du monde et y substitue le rouge de son propre sang, elle se voit étreinte.

## 22

ELLE voit les lacets de sa robe se défaire tandis qu'elle se tient sur le parquet brillant du salon d'apparat. Elle discerne dans un coin de son champ de vision les éclats des deux verres Baccarat qui ont rendu un son cristallin en se brisant au sol une seconde auparavant, après que René-Frantz les a fait tomber dans l'empressement du geste par lequel il l'a enlacée. À mesure que les lacets coulissent dans les œillets, le corsage qui comprimait sa poitrine se détend, puis la robe glisse contre son ventre, révélant ses seins et son dos nu. Dans sa vision elle se représente également son profil tendu, le menton presque à la verticale de la ligne d'épaules. Il embrasse ses lèvres si souvent mordues en silence, quand il fallait réprimer l'élan qui sourdait de sa chair et qu'elle s'imposait pour discipline de se mordre au sang, la goutte perlant avec sa couleur de rubis. Elle ne savait pas bien dans ces moments-là si la douleur abolissait la pulsion et reléguait la honte ou si elle exacerbait la gêne et aiguisait le désir.

Elle voit ce baiser et se figure le flux de son sang accélérer dans ses veines. Un goût de sel lui vient, qui avive la gerçure de sa lèvre. Le long de ses jambes elle discerne un frissonnement étranger pareil au crépitement d'une pluie d'averse chaude. Il lui semble qu'elle s'ouvre ainsi qu'on ouvre une grenade mûre, quand le tissu orangé de la peau se défait sous la main pour laisser apparaître l'amas grenat des grains. Comme le fruit dans la main appliquée, elle se défait peu à peu et éclate pendant que le monde tournoie autour d'elle à la manière dont avait tournoyé au plafond, lorsqu'elle avait dansé, le lustre aux cent trente-six bougies allumé le soir de ses dix-huit ans. Enfin elle voit la corolle de sa robe qui retombe progressivement par spasmes ainsi qu'une méduse à la transparence diaphane descendant au fond d'un abysse dans des secousses périodiques et rythmées.

## 23

SOUS sa paupière le temps d'un battement de cils elle voit cela qui ne devait se produire que plus tard, car sur la Croisette pendant la promenade évidemment elle détourne le regard, fait mine de rien et adresse un signe aux suivantes : il faut marcher plus vite dans les bottines cirées, rentrer tout de suite. Cette balade sous le soleil à son zénith était une idée un peu folle, elle en convient en elle-même, et pourquoi personne d'ailleurs n'a tenté de la dissuader, pourquoi cette docilité partout autour quand elle est prise de ces accès soudains, de ces caprices d'enfant terrible.

## 24

RENÉ-FRANTZ est promu capitaine et réaffecté un temps au 516$^{e}$ régiment de chars de combat qui parfois manœuvre dans les Alpilles. Aux heures creuses il demeure assis sur son lit sans que rien n'advienne que la vision cent fois reproduite comme un sortilège devant ses yeux : elle est sous l'ombrelle et les cils très lentement battent, les bottines trottent au ralenti, une goutte de sueur perle et descend le long de son cou. Dans des flashs il entrevoit aussi les lacets de la robe coulisser dans les œillets, la courbe délicate du menton à la verticale de la ligne d'épaules, des lèvres mordues au sang. Parfois, lorsqu'il se tient debout devant la glace, il jurerait la voir dans le reflet, enlacée contre lui, pâmée tandis que sous elle ses jambes se dérobent et qu'elle chancelle.

*J'ai vu dans tes yeux le secret*
*Sans même que tu ne le saches*
*D'un amour sincère et discret*
*D'un amour que souvent tu caches.*

*J'ai bu sur ta lèvre, vainqueur,*
*Dans la nuit odorante et belle,*
*Un baiser qui livrait ton cœur,*
*Sans le moindre geste rebelle.*

*Sur ta belle âme j'ai penché*
*Mon regard et dans une extase*
*J'en ai pris le parfum caché*
*Comme une rose dans un vase.*

*Puis j'ai pris ton corps merveilleux,*
*Ton corps souple comme une tige*
*Pour l'emporter ivre et radieux*
*Dans un voluptueux vertige.*

# 25

PENDANT ses jours libres il arpente dans l'arrière-pays les collines de buis et de pins nains, la terre légère y est une poussière d'ocre et de brun, elle s'envole quand ça souffle, fait des tourbillons qui aveuglent puis colle à la peau jusqu'au soir. Dans la cage des côtes son cœur est alternativement comprimé et débridé. Il lui semble que celui-ci va s'arrêter de battre et puis soudainement il s'emballe. Lorsque ça lui arrive sur le coup de midi et que là-haut le soleil est pareil au jour de leur première rencontre, ses jambes chancellent et il manque de tomber évanoui dans un bruit sourd. Pour étancher la soif qui lui est venue un jour d'août et qui depuis ne le quitte plus, il boit l'eau remontée des puits clairs et celle qui s'écoule translucide dans les ruisseaux. L'automne vient, puis l'hiver. Dès qu'il obtient par faveur un congé pour s'absenter des cours pratiques de tir de l'infanterie et des chars où il est instructeur, il retourne à Cannes et il attend.

# 26

UN MATIN du printemps 1930 semblable à tous les autres, alors que le 516e RCC est depuis peu intégré au 508e RCC et que la conduite exemplaire de René-Frantz lui a valu d'obtenir de sa hiérarchie un congé exceptionnel, la vicomtesse de Blanchonval est à la coiffure. Devant elle il y a un miroir à trois pans ainsi que des boîtes d'ivoire, de nacre et d'argent. Dans les boîtes il y a des pommades, des épingles, des boucles d'or et de vermeil. Elle se coiffe sans l'aide de ses suivantes, dans le silence frais seulement dérangé des chants d'oiseaux et la lumière qu'avivent parfois des touches vibrantes de jaune cobalt et de bleu cyan, les couleurs que les mésanges portent sur leur gorge et leur couronne. Aujourd'hui, elle l'a décidé, c'est seule qu'elle ira sur la promenade. D'y penser, elle se pique en mettant les épingles.

## 27

QUAND ils se rencontrent pour la seconde fois, cela leur semble davantage un rendez-vous secret qu'un hasard. Ils font instinctivement comme si c'était depuis toujours. René-Frantz ouvre son bras pour que Marie-Thérèse puisse y passer le sien et ils se mettent à marcher côte à côte. Ils ne disent rien. À l'horizon, des paquets de mer grossissent sous un ciel brouillé. Des bourrasques retournent les transats et emportent des parasols. Au milieu du bruit de souffle du vent qui se lève, les images de leurs corps nus et enlacés leur viennent. Absorbés, ils vont plus lentement que les familles et que les autres couples qui pressent le pas pour rentrer avant la tempête. De toute façon ils claudiquent tous les deux puisque Marie-Thérèse n'a pas d'autre choix que d'aller comme lui à ce rythme bizarre qui fait craindre l'effondrement à chaque pas. Tandis que l'orage gronde et qu'ils regardent la mer, une vague plus grande que les autres monte depuis l'horizon. La crête d'écume bouillonne et l'énorme rouleau assombri est d'un noir d'encre, comme si tous les poulpes de l'océan avaient été éviscérés pour noircir l'eau d'une seule lame de fond. Lorsque la vague frappe elle emporte les bains de soleil aux bandes alternées bleu azur et blanc banquise et par-dessus la jetée qu'elle franchit, elle déplace les étals multicolores des glaciers. Dans le violent ressac elle emporte tout ce qu'elle peut rouler au fond de la mer.

## 28

À CETTE époque Marie-Thérèse habite à Cannes la Villa Paradis, qui fut construite en 1868 dans un style néoclassique et fut d'abord un grand hôtel. Quand René-Frantz vient pour la première fois il passe dans le jardin parmi une riche végétation composée de lauriers-roses, de phénix, de chamérops et de cycas qui sont des espèces de palmiers, les uns grands et les autres petits. Il ne s'arrête pas devant la fontaine en fonte ornée d'un putto assis dans une coquille posée sur la tête d'un dauphin parmi les joncs et il entre par une porte majestueuse en plein cintre encadrée de deux atlantes sculptés soutenant le balcon du premier étage.

Ils s'attablent dans la vaste salle à manger, le plafond aux moulures de plâtre dessine des feuilles d'acanthe, la table fait huit mètres par deux. Les dossiers des chaises sont sculptés, les tissus tendus de clous tapissiers arborent des motifs floraux complexes, des arabesques savantes. Des chandeliers d'argent à trois branches sont allumés, les couverts aux armoiries familiales sont disposés selon l'étiquette. La porcelaine du service est translucide, les motifs qui la parent représentent des faunes et des nymphes.

On sert des huîtres avec leur lac gris violacé et leur nacre arc-en-ciel, le filet de citron se disperse pour former un lait très fin dans l'eau iodée. La marbrure blême qui s'étend au ralenti empoisonne le coquillage ainsi qu'un opiacé. La membrane cillée se rétracte tandis que Marie-Thérèse le porte à sa bouche rosée et l'avale. Les sucs lentement le dévorent. Après ils mangent du chevreuil à l'aubépine avec du fenouil à la menthe et des groseilles acides. Ils boivent des vins très clairs, des crus mûris au soleil des coteaux de Bourgogne, élevés lentement. Ils se dévorent du regard, observent la cire s'écouler des bougies et quand René-Frantz se lève, comme il s'avance avec empressement pour saisir Marie-Thérèse à la taille, il fait tomber deux verres Baccarat.

# 29

LES PREMIERS jours ils ne sortent presque pas. Ils restent entre les quatre murs de la Villa gardée par ses atlantes. À peine s'ils vont le soir faire le tour du jardin. Dans la chambre il n'y a rien à dire, seulement enlever et remettre le déshabillé Schiaparelli aux motifs fractals de dentelle et user imperceptiblement le tissu sans trame ni chaîne ouvragé sur un métier à quatre-vingt-seize fuseaux. Au salon par contre, la robe d'après-midi de chez Paquin brodée par la maison Lesage de perles polychrome et de fils d'or ne bouge pas, ni non plus le jour suivant la robe coupée en biais de chez Madeleine Vionnet dont la dentelle mécanique appliquée sur tulle de soie reste impeccable. Pour rattraper la vie d'avant qui leur semble n'avoir été qu'à demi vécue en l'absence de l'autre, René-Frantz et Marie-Thérèse remontent le temps.

C'est d'abord lui qui raconte 1917 pendant qu'elle le regarde depuis le fond de sa pupille noire rétractée que cercle l'iris agrandi dont je ne connaîtrai jamais la couleur. La voix de René-Frantz n'est pas aussi hypnotique que le sera celle de Marie-Thérèse lorsqu'elle évoquera plus tard ce qu'elle faisait cette même année, mais les souvenirs de la guerre du capitaine Préclaire sont cependant vivaces et précis. Il lui décrit comment la boue usait le matériel, comment elle grippait les mitrailleuses et enrayait les fusils. Derrière les lignes il était impossible de déplacer les obusiers qui restaient bêtement orientés dans la mauvaise direction pendant des semaines en attendant que ça sèche. Il raconte les tranchées, les pelletées arrachées à la terre ocre par les soldats que les pluies faisaient couler le long des chevilles si bien que la terre humide s'accumulait au fond des boyaux malgré les caillebotis. Il explique qu'il en venait de partout. Ça ruisselait entre les planches mal jointoyées, ça dégoulinait depuis la crête de feu jusque sur le talus de tir et plus bas dans les abris. Dans les sapes couvertes et dans les sapes russes sans coffrage, la terre gorgée de pluie pesait sur la clef de voûte et les étais qui finissaient par rompre. Une masse énorme engloutissait tout. Des soldats restaient pris, des agonisants et des morts pour qui la boue était un tombeau dans lequel être lentement digéré parmi des exhalaisons de gaz.

Il parle des pantalons rouge garance que la boue maculait et alourdissait si bien qu'ils pesaient deux, voire trois fois leur poids à sec. En plus de rendre tous les déplacements plus lents et plus fatigants, ça donnait aux soldats l'impression de commencer à disparaître. D'autant qu'il n'y avait pas que les pantalons qui se couvraient de boue, les vestes aussi, si bien que le torse et les bras prenaient une couleur indéfinie, du marron qui tend sur le vert mais n'est ni l'un ni l'autre. Il lui raconte comment la boue éventrait en un rien de temps les bottes de cuir pourtant faites pour durer toute une campagne. Il donne les détails. Il évoque les clous rouillés démis et les jointures boursouflées qui éclataient comme des cloques, laissant le pied dedans à nu, supplicié par la gangue glaireuse et terne qui faisait le froid si vif, le collant pour ainsi dire à la peau avec le risque des gelures, les orteils rougis virant au violet terne. Marie-Thérèse se représente les pieds meurtris. Au revers de l'iris elle voit les nuances de rouge foncer depuis les phalanges proximales jusqu'aux phalanges distales et même s'il ne parle pas des amputations que les chirurgiens pratiquaient avec la scie Gigli elle devine la manière dont cela se terminait.

Alors, comme il sent qu'au milieu d'eux toute la saleté de la guerre remonte et que pour un peu la boue suinterait entre les jointures des lattes du parquet verni de la Villa Paradis, se répandant jusqu'à venir lécher les pieds du mobilier et maculer le velours pêche de la chauffeuse, René-Frantz s'interrompt.

## 30

Le lendemain, c'est au tour de Marie-Thérèse. Ses yeux ne sont pas à demi clos et embués de visions floues ni ses cheveux lâchés comme lorsqu'à la nuit ils dessinent dans les draps des vagues fauves par l'ondoiement heureux de leurs moires. Ils sont coiffés strictement ainsi qu'au premier jour, ramassés en un chignon serré piqué d'épingles tandis qu'elle le regarde intensément depuis le cercle noir et agrandi de sa pupille exagérément dilatée. À la place de ce souffle qui était à la nuit la seule musique de sa gorge, il y a cette voix qu'il lui connaît ici pour la première fois, une voix stricte et nette qui monte droit du ventre et dont l'intonation a des pouvoirs d'hypnose, si bien que les souvenirs qu'elle convoque ne sont pas des choses évanouies et disparues mais au contraire des images vivantes qui font irruption en plein milieu de la Villa.

Elle lui raconte comment pour elle la guerre a commencé dans le château de Noulette qu'elle habitait enfant lorsque l'armée prussienne a tout détruit. Le 3 mars 1915 parmi les saules et depuis la rive de l'étang qui bordait le château, des soldats avaient regardé les tourelles aux toits coniques et les fenêtres régulièrement espacées, rangées par six sur deux étages. Ils avaient posé les casques à pointe en cuir bouilli et les fusils Mauser supérieurs aux Lebel français, retiré les bottes de cuir beige, jeté bas les vareuses couleur feldgrau à boutons dorés et les pantalons accordés. Ils s'étaient baignés dans l'étang comme des châtelains et avaient lavé leur corps terni par la glaise et la poudre dans l'eau claire. Pendant qu'ils étaient occupés à se baigner avant l'assaut, elle s'était enfuie avec ses parents. Jusqu'au dernier moment ceux-ci n'avaient pas voulu croire à l'avancée des Allemands. Mais les lignes avaient été brutalement enfoncées au petit jour et la marche des soldats avait été rapide. Après avoir amassé tout le poids d'un hiver dans l'immobilité, les hommes s'étaient souvenus de la souplesse de leurs muscles, et ça avait donc été très vite ce jour-là. Plus tard en 1940, ça le serait à nouveau, au même endroit, quand tout recommencerait et qu'alors les soldats auraient avalé au matin des pralines chocolatées aux méthamphétamines Scho-ka-kola et que la drogue verserait dans leurs veines un élan vif et doré.

Avant de s'enfuir elle avait eu le temps de regarder en arrière les soldats allemands et de se figurer ce qu'ils feraient après qu'elle serait partie : l'arc des obus par-dessus l'étang et l'écroulement des murs pluricentenaires, l'éclat des vitres brisées, l'écorché de la chambre acajou et sa baignoire en cuivre vert-de-grisée. Comme elle les avait vus se baigner, c'était aussi la première fois qu'elle avait vu des corps d'hommes dénudés.

## 31

ELLE passe sur 1916 et elle parle ensuite de Louis Mercier, son grand-père qui avait maintenu l'exploitation des mines de la compagnie de Béthune pendant la guerre de 1914-1918 en dépit de l'envahissement d'une partie de la concession par les soldats allemands. Elle raconte comment il l'avait emmenée voir à l'âge de six ans, en 1917, ce que faisaient les hommes à Bully-les-Mines, à Vermelles, à Loos-en-Gohelle, à Mazingarbe, à Auchy-les-Mines, à Sains-en-Gohelle, à Grenay et à Annequin.

Au fur et à mesure qu'elle parle des mines du Nord et de l'Est, dans le salon de la Villa Paradis les murs parés de motifs peints calqués sur des toiles de Jouy craquellent, le plafond se lézarde, les filaments de tungstène portés à 2 900 degrés dans les ampoules à incandescence qui ornent le lustre tout juste électrifié grésillent avant de s'éteindre et mes grands-parents sont peu à peu plongés dans la pénombre, transportés aux côtés des mineurs dans la terre et les boyaux qui serpentent. Comme les houilleurs, ils vont tous deux voûtés, le dos arrondi et le menton relevé pour que le regard porte un peu au-devant dans l'espace de cette seule lumière qui est celle du halo tremblant que fait la mèche de la lampe à pétrole. Marie-Thérèse guide René-Frantz dans la galerie étroite à laquelle elle accroche la mousseline de sa robe. Une fois parvenus au front de taille, il faut creuser à tour de rôle avec le pic à tête, le pic à veine ou la rivelaine qui font tous trois presque instantanément des crampes à l'épaule, à l'avant-bras et au poignet. Au sol les gravats s'amoncellent. Il fait noir et chaud, on respire mal, les terreurs viennent. De l'autre côté de la paroi qui termine le boyau on s'imagine une grande bête tapie, la bouche refermée sur un paquet de dents pointues, les griffes rétractiles enfouies dans les chairs, l'haleine chaude comme un grisou. On a envie de partir en courant, plié en deux, pour fuir cette présence impalpable nichée dans l'ombre et regagner la cage, le grand ascenseur de fer qui fait un bruit métallique saccadé. Remonter, c'est comme revenir au monde, sortir d'une mère par le goulet serré d'un bassin trop étroit. On attend avec impatience de respirer à pleins poumons, de sentir les alvéoles se déployer pour faire affluer l'oxygène dans l'aorte dilatée. Mais même en haut on respire mal et il ne fait pas vraiment jour, c'est la froide lumière rasante d'octobre à dix-sept heures qui dessine des ombres, les tourelles de métal étirées comme des tours Eiffel miniatures ou des potences.

Quand ils sortent de là ils ont les joues marbrées de noir, la nacre de l'œil rougie, les paupières rougies, les cils collés. La suie qu'ils remontent avec eux restera longtemps, même après la douche, la vapeur, le gant de crin qui met la peau à vif. Ils en garderont sous les ongles quand ils s'étreindront et s'étonneront de découvrir des lignes noires reliant les grains de beauté sur leur peau blanche.

# 32

ÇA S'EST PASSÉ en même temps. René-Frantz qui sortait de la tranchée pour aller peut-être mourir sous les mille paraboles que faisaient dans le brouillard des trajectoires de bombes et Marie-Thérèse qui visitait à Annequin les puits miniers de son grand-père, sentait l'haleine des hommes pris par la silicose, passait comme de rien parmi les clapeuses médusées et devinait sous ses petits pieds le réseau noir, la grande nuit qu'avivaient tous les jours dès six heures les étoiles allumées des crézieux. Dans les poèmes écrits aux premiers temps de leurs amours, je trouve en même temps la trace du désir et la marque imparable de la guerre qui traverse le genou gauche du jeune soldat Préclaire sous la forme d'une cicatrice prune et brise dans l'enfance la ligne de vie de la vicomtesse du Lymon, quand Noulette s'effondre et qu'elle visite des mines aux mains des soldats allemands.

Les poèmes sont portés dans un cahier aujourd'hui disposé sur mon bureau, avec l'état de service du ministère de la Guerre tamponné par les archives, le n° 30 de la revue de la 5e division blindée et une tête de bois sculptée. Le cahier a pour nom d'auteur René Clairval. Le patronyme inventé par René-Frantz aboute les deux dernières syllabes de leurs noms : Clair est pris dans Préclaire et Val dans Blanchonval. Je ne sais pas pourquoi, parmi les enfants qui sont nés d'eux, c'est à ma mère que le seul exemplaire des poèmes du lieutenant Préclaire est revenu, ni pourquoi, des enfants qui sont nés de ma mère, c'est dans mes mains que le cahier est tombé en même temps que le nom. J'ignore sur quels bureaux, dans quels cartons, par quels abandons et quelles disputes ce cahier est passé pour être ici en parfait état et à peine jauni. Je n'étais pas là quand des frères et sœurs endeuillés ont ouvert en grand les volets d'une maison de famille désolée sur le secret d'une bibliothèque empoussiérée et se sont réparti les affaires parmi lesquelles étaient des manuels d'instruction militaire et un cahier Le Calligraphe ZRC avec une reliure noire collée. Personne ne m'a dit la raison pour laquelle je suis le seul des enfants de ma mère à porter au travers d'elle la ligne droite du nom de son père et non pas comme tout le monde, et comme mon frère, le nom de mon père.

Je tourne les pages. Je suis témoin de ce que mon grand-père a écrit à ma grand-mère il y a quatre-vingt-dix ans : *J'emporte ton corps* et je lis dans l'écriture couchée de sa main ceci qui de lui à moi coule dans l'encre et dans le sang : *Il y a dans ma vie une longue souffrance*. Quelques pages plus loin ces deux vers que je pourrais écrire mot pour mot à Florence : *Ta lèvre à mon baiser, ton corps à ma caresse, Pour me faire oublier ma suprême détresse.*

## 33

JE SUIS ton petit-fils. Nous sommes au milieu du temps. Bientôt tu vas passer devant une commission médicale qui statuera sur ton avenir. On se demandera si c'est bien raisonnable de continuer comme cela, avec ta blessure, si tu es apte à contribuer à l'instruction des armes blindées et au perfectionnement des chars B1 dont les premiers prototypes sont en fabrication. Si c'est le cas, la porte se refermera derrière toi et tu n'auras d'autre choix que de mener une division de chars de combat sur le front en 1940. Le grand entonnoir qui mène tout droit des années 1930 à la Seconde Guerre mondiale est béant devant toi.

# 34

LE 26 NOVEMBRE 1932 tu es convoqué par la commission de réforme en charge des affaires médicales à Châlons-sur-Marne. C'est une caserne de briques rouges dont les vitrages portent à l'hiver un halo de givre fait d'innombrables cristaux enchevêtrés avec leurs branches fragiles et parfaites, cinq comme les étoiles dessinées par les enfants. Au milieu du cercle de givre qui couvre les bords des fenêtres embuées, on distingue seulement des silhouettes de médecins au travail qui passent avec des faux airs de fantômes. Il n'y a pas si longtemps depuis la rue on pouvait entrevoir ici des gueules cassées. Les traits de leur visage déformés donnaient à la façade des allures de galerie des monstres, de devanture pour un irréel *freak show*.

La salle dans laquelle tu es auditionné est au haut d'un escalier, ce qui pour toi est peu commode, même si tu as pris depuis longtemps ton parti d'aller deux fois moins vite qu'un valide, ne montant les marches péniblement une à une qu'avec l'appui de ta jambe droite. En haut de l'escalier à cause de l'effort tu sues. Il y a de la poussière, ton uniforme en est maculé et le col amidonné de ta chemise poisse. Tu cherches la bonne salle en hasardant ta tête aux encadrures des portes et interromps malgré toi des conciliabules d'hommes affairés. Une fois parti, ceux-ci reprennent aussitôt leur conversation. Ils suffoquent sans doute eux aussi dans les relents d'éther mais paraissent dégagés dans leur blouse alors que toi tu te sens gêné aux entournures dans ton uniforme. Quand tu finis par trouver la bonne salle tu ne sais plus bien ce que tu veux. Tu crois que tu souhaites être réformé pour ne plus rien avoir à faire avec la guerre. Il y a une grande table en bois derrière laquelle trois hommes qui forment un jury d'examen jouent leur rôle, menant l'entretien comme un interrogatoire. Ils se font rappeler les circonstances exactes de la blessure alors qu'ils ont sous les yeux le rapport détaillé des infirmiers, la date et l'heure que tu as toi complètement oubliées. Ça joue à *good cop bad cop* mais c'est celui qui se tait au centre qui mène la danse. Il te regarde par en dessous et trempe périodiquement sa plume dans l'encrier pour enregistrer dans un jargon codifié ce qui se passe dans la salle. Il évalue le poids des déclarations et les met en regard avec les mots de l'expertise médicale. C'est terminé plus vite que tu ne l'aurais pensé.

Tu te lèves et avant de partir tu fais machinalement un salut militaire. Tu les regardes droit dans les yeux. Tu sais ce que tu veux même si tu n'as pas encore lu les mots inscrits sur le rapport. Tu continueras la carrière militaire et retourneras à la guerre quand il le faudra pour frapper le sol de ta botte et devenir celui qui fait tomber les obus, la pluie d'obus neuve et fraîche qui grossit dans les nuages de ce qu'on appellera plus tard l'entre-deux-guerres. Pour regarder le monde à compter de ce jour tu prendras exemple sur le taiseux au milieu dont le nez aquilin semble si long et droit qu'il partage au couteau la face émaciée. Avec son visage sévère et son rôle de scripteur il a l'air majestueux d'un gardien des enfers, d'un dieu à tête de chien. Du haut de ton mètre soixante-six et du fond de tes yeux bleus, tu regardes Anubis en face, le cœur trempé dans une eau de colère comme l'acier est trempé dans un bassin gelé. C'est la fiche de matricule n° 92 que l'on trouve sur le site du grand mémorial qui m'apprend que tes yeux sont bleus. Sur cette même fiche, j'apprends également que tu es maintenu en activité. Invalide à 15 % selon la décision de la commission de réforme. Le document indique par ailleurs : cicatrices multiples sur la cuisse gauche, amyotrophie de $2^{e\ 1/2}$, gêne de la flexion de la jambe. Dans la case signalement, deux autres informations : le nez est rectiligne, le visage est allongé.

## 35

Tu sors du bâtiment de briques rouges. C'est la fin d'après-midi à Châlons-sur-Marne. Des platanes aux feuilles ocre bordent les rues et projettent des ombres qui chatoient sur le sol comme fait le flot moiré des ruisseaux de montagne en dévalant les pentes abruptes entre des rocs moussus. Dans une fontaine l'eau cascade, jaillie des bouches béantes de figures mythologiques vert-de-grisées. Grimaçantes et animées d'un mouvement baroque, les figures ont été imaginées à cent ans de là par un sculpteur qui les fit d'abord en bois et en moula le négatif dans du plâtre avant de faire couler du bronze dans un moule à usage unique. Tu te laisses guider par les odeurs de sucre. Tu franchis la grille du jardin public. Tu vois les taches rouges que font les pommes d'amour sur les étals et dans les mains des vendeuses souriantes qui les tendent à des petites filles. On entend un air de carte à musique joué par un piano mécanique.

Sur une des pelouses du jardin il y a un carrousel avec douze chevaux embrochés de part en part d'une barre torsadée bicolore luisante comme un sucre d'orge : jaune d'or et crème, vert émeraude et lapis-lazuli, ivoire et rubis. Ils tournent, montent et descendent, font tournoyer des cavaliers de sept ans. Leurs noms antiques sont peints sur des selles de bois sculpté : Jason, Ulysse, Mercure. Pégase aussi, dont tu lis sans comprendre le nom.

# 36

LORS des tests qui ont lieu à Rueil le 13 mai 1924, le SRA et le SRB, les deux modèles de chars Renault produits à l'annexe de l'atelier de construction de Puteaux, sont recalés par l'état-major français. Ils servent néanmoins de base à la conception du char B1. Les quatre prototypes du B1 que le général Estienne commande aux firmes Renault, FAMH, Schneider, Delaunay et FCM font au mois d'octobre 1931 depuis la banlieue parisienne jusqu'à Mourmelon un trajet de plus de mille kilomètres pour effectuer des manœuvres sous le regard d'une commission dirigée par le général Delalain.

## 37

C'EST la campagne. Il n'y a là que des baraquements alignés au milieu de plaines rases. Au loin toutes les heures un clocher envole des hirondelles lorsqu'il sonne de sa pulsation régulière et brise dans l'air le silence trop épais. L'ennui et les gels d'octobre engourdissent les doigts. La semaine au champ de tir les soldats visent des cibles à cent mètres avec les Lebel. Aux jours de repos ils vont dans les fourrés et arpentent les chemins de traverse pour lever du gibier qu'ils tirent cette fois-ci avec des fusils plus grossiers, des Darne à canons juxtaposés ou des Fournier. Lorsqu'ils débusquent un sanglier qui charge avec son air préhistorique de bête toujours mal lunée, ils ajustent et tirent dans le même mouvement. La tache de sang qui va s'agrandissant dans la flaque sous les suies souillées de l'animal permet de s'assurer que les exercices de la semaine ont été bien faits. Sur le chemin du retour des orvets filent entre les racines dans les bosquets, des animaux invisibles chuintent, les soldats passent tout près de nids où se déroulent de tardives éclosions de vipères.

Les chars de trente tonnes arrivent là avec leurs moteurs de 307 chevaux qui pétaradent et leurs chenilles dont le cliquetis métallique fait à peu de chose près le bruit familier des mitrailleuses Reibel. Sous les ordres on les fait évoluer sur le terrain d'entraînement aux allures de gigantesque skatepark boueux. On fait aussi tonner les canons qui prennent pour cible sans le savoir des nids de serpents dissimulés parmi des futaies et des renards endormis dans des champs d'orge. Les chaînes s'agitent dans la glaise. Comme on se souvient de la boue de 1917, on a soigné le train de roulement. Les ingénieurs se sont inspirés des Anglais, ils ont fait en sorte que celui-ci enveloppe toute la caisse. Pour le guidage de chaque chenille, en plus du barbotin et de la poulie de tension, ils ont ajouté trois chariots porteurs et quatre galets tendeurs. Les chariots eux-mêmes ont été suspendus par un ressort vertical et la mobilité a été accrue en regroupant les roues par deux sur un petit balancier, puis par quatre sur un plus grand. On en a fait beaucoup parce que tout le monde tremblait à l'idée que pendant la prochaine guerre la boue ne prenne à nouveau les hommes et les machines. Alors on est content sous le soleil qui pointe en fin d'après-midi entre deux cumulus. On regarde la grosse caisse d'acier de trente mille kilos jouer dans la terre meuble et s'ébattre avec autant d'aisance qu'un animal qui prendrait son bain dans la fange. Les chenilles pressent le sol dont jaillit un filet d'eau aux marbrures arc-en-ciel, l'argile se détache par plaques nettes comme une peau qui desquame et les chars, avec des mouvements souples de bêtes disparues, semblent s'ébrouer avec plaisir.

Cependant, comme au-dessus de lui quelque chose d'infime s'immisce dans son champ de vision et l'agace, le général Delalain porte son regard dans le ciel dégagé et il aperçoit la petite tache d'un blanc immaculé que forme une montgolfière dont le pilote fait choir à intervalles réguliers des sacs de sable pour s'élever plus haut dans l'air à travers la troposphère, la stratosphère, la mésosphère, la thermosphère, l'ionosphère ionisée par les rayons solaires et enfin l'exosphère qui constitue la dernière couche avant d'atteindre le cosmos. Lorsque le général quitte des yeux la montgolfière pour regarder à nouveau devant lui le terrain d'entraînement, les quatre B1 sont tous à l'arrêt. Ils ont chacun brûlé quatre cents litres de carburant. Ils sont en panne et s'enfoncent doucement.

## 38

La production de masse des B1 a lieu en 1938 à Rueil, dans le gris de la banlieue parisienne. Le losange de Renault est porté au fronton d'un grand bâtiment au-dedans duquel résonnent en rythme les machines qui jalonnent les chaînes de montage. Chacune permet de travailler différemment l'acier qui selon le poste est plié, tourné ou fraisé. Les hommes portent sur eux l'odeur de la graisse qui sert pour les écrous, les boulons et les roulements. Les cadences sont lourdes. Les tendons des coudes et des poignets sont constamment inflammés. Comme ceux des mineurs, les visages des ouvriers sont fatigués et noirs quoique d'huile plutôt que de suie. Ici avant, dans leur bleu de travail tacheté de traces brunes, les hommes esquissaient parfois à part eux un sourire et échangeaient à l'occasion des regards complices d'amateurs passionnés lorsqu'ils caressaient avec des tendresses qu'ils n'avaient pas pour leur femme les courbes des berlines, les carrosseries aux formes arrondies. Ils se souviennent de ce geste qu'ils faisaient dix ans plus tôt lorsqu'ils portaient la main sur l'aile d'une Reinastella, l'œil flatté par les reflets du vernis quand le modèle sortait de la chaîne brillant de mille feux. Une reine des étoiles de cinq mètres trente et de deux tonnes sept avec sous le capot un huit cylindres en ligne. Une voiture digne de la comtesse Bernard de Ganay qui remporta à son volant le Rallye féminin Paris-Cannes en 1930.

Maintenant le plus souvent l'acier coupe, les mains sont couvertes de corne et de blessures. C'est qu'il ne s'agit plus de sortir des ateliers des voitures de luxe mais de grosses carcasses qu'il faut façonner avec des pinces démesurées et charrier à l'aide de palans énormes. Alignés comme des containers, lestés de leurs trains de roulement, les chars ont des formes anguleuses. Ils sont parés d'un bouclier incliné et hérissés d'armes en pointe faites pour tuer. Les ouvriers de Renault savent qu'au-dedans d'une des tourelles APX-4 qu'il leur faut riveter au châssis, un artilleur laissera bientôt la trace grenat de son sang éclaboussé, maculant malgré lui de gouttelettes les commandes et les parois internes du blindage. Ils savent que d'un des canons 47 mm SA35 en provenance de l'atelier de Puteaux qu'ils montent en fin d'après-midi sur la structure jailliront bientôt des obus qui donneront la mort et feront des orphelins jamais rassasiés de leurs cris, des nourrissons braillards appelant leurs pères en-allés dans les bras de mères exténuées.

Ce qu'ils assemblent, ce n'est donc plus du cuir pleine fleur sur lequel asseoir des comtesses dont le passe-temps est de rallier la Riviera à toute allure et qui roulent l'après-midi entière cheveux au vent sur des routes carrossées de frais avant de franchir à Cannes entre deux palmiers alanguis une ligne blanche surmontée d'une banderole aux couleurs criardes, sous les hourras d'une foule venue assister au spectacle entre deux bains de mer. Non, c'est trente tonnes de poids de mort à mettre entre les mains de généraux sous la forme allégée d'épingles plantées sur des cartes d'état-major.

# 39

DU CÔTÉ allemand aussi la conception s'est faite très en amont de la guerre. En janvier 1930, le ministère de l'Aviation du Reich lance un appel d'offres en vue de la fabrication d'un bombardier en piqué. Quatre entreprises proposent chacune un prototype. Le premier, le Ju 87 V1 conçu par Junkers, effectue son vol d'essai à l'automne 1935 avec un moteur Rolls-Royce Kestrel de 640 chevaux. C'est un modèle entièrement métallique qui survit à sa première sortie mais se crashe quelques semaines plus tard près de Dresde. Le deuxième prototype, le V2, participe avec ses trois concurrents aux essais à Rechlin en mars 1936. Il est choisi et deux ans plus tard, après une nouvelle évolution, il devient le Junkers Ju 87B Stuka dont on produira cinq mille sept cents exemplaires. Développant 1 200 chevaux et capable d'embarquer cinq cents kilos de bombes, le Stuka est équipé de deux petites hélices sur le train avant qui hurlent comme des sirènes lors des piqués. En 1939 et 1940, pour n'importe quel soldat d'infanterie le bruit de ces hélices surnommées trompettes de Jéricho était plus terrifiant encore que celui des bombes.

## 40

DANS le ciel bleu les tôles reflètent les nuages. Découpées en grandes plaques, lustrées comme des miroirs d'argent, rivetées entre elles, elles couvrent toute la surface du Ju 87 V1. Le prototype vole au-dessus du bocage immobile. Des buissons d'aubépine séparent des cultures de blé ou d'orge qui lèveront en mars et des jachères. Il y a de larges sillons de boue luisante au milieu desquels s'abattent des vols de corbeaux qui fouillent la terre de leurs serres et piquent du bec avant de s'envoler à nouveau, composant un large V noir qui gagne silencieusement l'horizon. Des officiers d'état-major de la Luftwaffe, des représentants de Junkers et des curieux suivent un temps des yeux le vol des oiseaux et reviennent à l'avion qui éclate de lumière. La carlingue torture l'œil comme un tison chauffé à blanc. Le bombardier léger blesse la rétine quand il s'incline et fouille la pupille rétractée de la lame de ses ailes sur lesquelles le soleil se mire.

Sans prévenir, le Ju 87 prend feu dans un bruit de détonation. Il part en piqué et s'abîme. Brutalement les visages adoptent des tournures étonnées, atterrées ou déconfites. Quand le nez de l'avion touche le sol, le fuselage et les ailes virent à l'orangé. Sur la voilure des langues de feu se forment. Le crash se produit si près qu'on sent l'onde de chaleur et la radiation. Dedans un équipage brûle dans l'incendie du kérosène. Le métal en fusion reprend l'allure de lave ondoyante qu'il avait en s'écoulant des hauts-fourneaux de Bavière avant de lentement se cristalliser en des formes inattendues, s'amalgamant aux caoutchoucs et au verre lui aussi liquéfié. On ne pourra pas retirer les corps de la cosse composite refroidie.

## 41

PENDANT que côté français et côté allemand les états-majors préparent la guerre en assistant au spectacle de tôles ruinées dans des terrains vagues, tu prépares toi aussi les choses comme tu peux. Le 13 janvier 1938 tu épouses Marie-Thérèse Cauvet de Blanchonval, vicomtesse du Lymon. Le mariage se déroule à Paris, dans le 15e arrondissement, dont la mairie n'est pas la plus sobre de la capitale. Dessinée par Désiré Louis Henri Devrez, elle fait trente-trois mètres de haut. Elle est bâtie dans un style Renaissance et a été inscrite en 2011 aux Monuments historiques. La salle des mariages lambrissée a été dessinée en 1886 par Ferdinand Humbert et Pierre Lagarde. Elle est ornée de peintures aux motifs allégoriques qui sont du peintre Delobbe. Il y a trois tableaux qui ont pour titre *Famille*, *Patrie* et *La Femme doit suivre son époux*.

Sur la peinture intitulée *Patrie*, on peut voir des hommes en armes. Ils tiennent de longues piques au bout desquelles on accrochera des têtes coupées aux yeux aveugles. On distingue aussi deux trompettes de Jéricho. La scène est d'inspiration antique. Les hommes portent des pagnes, le sol est nu. À droite un homme monte un cheval blanc. Il porte une barbe auguste, il va à la guerre, il emmène les autres. Il va défendre la Patrie.

Sur le tableau intitulé *La Femme doit suivre son époux*, il y a aussi un cheval. Il fait grise mine et porte la tête basse. Il est sur le chemin, il va bientôt partir avec l'homme et avec la femme qui visiblement n'en a plus envie et dit à contrecœur adieu aux siens. Elle quitte sa mère et son frère pour suivre l'homme qui s'en va.

Je ne sais pas de quel œil Marie-Thérèse voit ces tableaux, comment elle regarde l'allégorie de la Patrie et ces chevaux qui séparent ceux qui s'aiment pour des cavalcades qu'on n'est plus sûr d'avoir tout à fait désirées. En tout cas devant ces tableaux elle dit oui.

# 42

Le 21 mai 1940, à Savigny-sur-Ardres dans la Marne, un appel est enregistré dans une ferme appelée le Vieux Château. Située en contrebas de l'église du village dont les parterres sont fleuris de bégonias blancs, la ferme est tenue par une femme qui fut infirmière pendant la Première Guerre mondiale et n'a pas eu le cœur de partir. Elle a expédié son mari et les trois enfants loin des lignes de combat, elle est restée par nostalgie ou courage et c'est elle qui voit débarquer dans son jardin une division blindée avec à sa tête le colonel de Gaulle qui est doué pour la radio et qui enregistre le texte suivant : “C'est la guerre mécanique qui a commencé le 10 mai. En l'air et sur la terre, l'engin mécanique – avion ou char – est l'élément principal de la force. Les succès de l'ennemi lui viennent de ses divisions blindées et de son aviation de bombardement, pas d'autre chose ! Eh bien ? nos succès de demain et notre victoire – oui ! notre victoire – nous viendront un jour de nos divisions cuirassées et de notre aviation d'attaque. Il y a des signes précurseurs de cette victoire mécanique de la France. Le chef qui vous parle a l'honneur de commander une division cuirassée française. Cette division vient de durement combattre. Eh bien ! on peut dire très simplement, très gravement – sans nulle vantardise – que cette division a dominé le champ de bataille de la première à la dernière heure du combat."

## 43

La 4$^e$ DCR campe pour quelques jours, histoire de reprendre des forces et de se donner du courage. À cette division cuirassée est intégré le 2$^e$ bataillon de chars de combat qui compte cinquante-huit chars d'infanterie B1 bis. Ceux-ci ont des noms de batailles autrefois gagnées, de grands hommes autrefois vivants. Des noms de chefs de guerre, de navires de la marine ou de pays de l'Empire. Des noms glorieux peints largement de blanc sur les camouflages aux formes d'algues vert-brun, de muraille, de ruban ondoyant ou de puzzle. Les camouflages sont formés de taches alternées ou fondues de couleur ocre, terre de Sienne, vert kaki et beige.

En dépit des noms de victoires, ce dont il est question le 17 mai 1940 à Montcornet et au cours des jours suivants dans le secteur de Laon, c'est d'une bataille de retardement qui se conclut par l'ordre de battre en retraite. Un peu de temps gagné contre des hommes perdus, un repli comme une procession dans laquelle les soldats vont têtes basses parmi des plaines nues. Autour d'eux à perte de vue les champs sont drapés d'un vert printanier qui les offense derrière le voile vitreux de la fatigue et des larmes. Ils font halte à l'ombre d'églises encore debout où dans des fermes. Ils gobent des œufs crus, dorment par tranches de deux heures et se réveillent la tête migraineuse posée sur l'épaule d'un camarade haï.

## 44

POUR toi la Seconde Guerre mondiale commence pendant l'année 1940 lors d'une contre-attaque menée pour dégager Tannay et ses environs, un petit bout stratégique et oublié des Ardennes. La position qui a été perdue les jours d'avant est semblable à beaucoup d'autres à ceci près que celle-ci, on tient à la reprendre, si bien que le bois triangulaire et la ferme Moulinot sont le 24 mai 1940 le centre du monde. Au milieu de la carte d'état-major on a fait une croix à l'endroit qui marque le point culminant de la côte 276. Cette côte n'est pas plus longue ni plus pentue que d'autres mais elle est particulièrement difficile parce qu'elle est grêlée de trous d'obus si nombreux qu'il n'y a pas moyen d'y cheminer. Le terrain n'est qu'un très profond labour dans lequel la guerre sème des corps à la volée.

Nommé au commandement du 49e bataillon de chars de combat, tu as sous tes ordres ce jour-là précisément quatorze chars B1 bis. C'est la nouvelle cavalerie, l'unité de prestige. On a gardé l'appellation, pour l'apparat. Sous tes ordres, tu as quatorze lourds blocs d'acier mus sur des chenilles qui déplacent quatorze canons antichars de 47 capables de détruire n'importe quel blindé allemand et quatorze canons de 75. Ceux-là sont aussi efficaces mais leur bénéfice est plus discuté parce que l'ajustement de la mire est trop lent. Comme on le fait des enfants engendrés de sa chair, tu as décidé des noms des B1. Tu n'as pas choisi des noms de généraux ou de batailles.

# 45

Ce sont des noms de vins. Sur le site chars-français.net on peut constater que de nombreux chars du 49e BCC ont été rebaptisés à la veille de la guerre. La raison de cette pratique inhabituelle n'est pas donnée, mais elle est simple et je la sais : tu aimais les vins.

Aït-Souala (ex-Les Éparges), Armagnac (ex-Maréchal Foch), Banyuls (ex-Douaumont), Bayard, Beni-Snassen (ex-Vimy), Bouzy, Chablis, Chinon, Côtes-du-Rhône, Frontignan, Gaillac, Hautvillers (ex-Gouraud), Hermitage (ex-Grand-Couronne), Irouleguy (ex-Cambray), Médoc, Mercurey, Montbazillac (ex-Argonne), Pauillac (ex-Mort-Homme), Pommard, Pouilly, Ribauvillé, Ricquewihr, Romanée (ex-Tahure), Silvaner, Saint-Péray (ex-Maréchal Lyautey), Staoueli (ex-Moronvillers), Tavel (ex-Massiges), Thiaucourt, Toulal (ex-Mery-Belloy), Traminer, Trépail (ex-La Thébaïde).

Trente et un chars, dont quatorze sont engagés le 24 mai 1940. La guerre dure cette fois-ci une heure trente. Une heure trente pour perdre dix chars, dont trois sont abandonnés dans les lignes et sept rapatriés avec de lourds dommages, bons pour l'arrière.

## 46

TU TE RÉVEILLES dans le bois triangulaire sous des aulnes. Les ramées ont des teintes de brun, de vert et d'ocre qui s'échangent dans la maigre clarté de demi-jour précédant l'aube. Tu regardes le ciel où demeure faiblement l'éclat de Vénus et tu dégourdis tes doigts en pliant plusieurs fois tes phalanges pour faire circuler le sang. Habillé et botté, tu rejoins les soldats qui assemblent les paquetages et sentent poindre dans leur cœur l'exaltation de l'assaut annoncé. Un sang frais gagne leurs muscles habiles et fins. Sous l'uniforme les peaux vibrent et les narines frémissent de sentir parmi les fragrances de fleurs de mai l'odeur de la poudre, le parfum métallique reconnaissable entre mille, astringent, fort comme une épice, un poivre de Sumatra qu'ils n'ont jamais vue.

Ils réveillent les chars. Ils se mettent en route à six heures sous la lune qui s'éteint. Ils quittent le bois escortés sans le savoir par des renards, des processions de scarabées, d'imperceptibles signaux racinaires qui se relayent à leur passage et portent sous leurs pieds une aura de bravoure. Le bois leur dresse une haie d'honneur. À sa lisière la brise matinale venue d'ouest fait balancer les frondaisons en des gestes d'adieu comme ceux d'épouses agitant un mouchoir sur un quai.

Ils abordent le bas de la côte 276 et gravissent les deux cents premiers mètres d'un même mouvement. Les trains de roulement des B1 font merveille. Avec leurs chenilles souples, les chars se jouent de la pente. Ils avalent les trous d'obus et prennent appui sur les rares affleurements rocheux pour progresser. À leurs côtés les hommes eux aussi apprivoisent le relief dessiné par les pluies de bombes passées. Grisés, ils comptent mentalement le nombre d'obus embarqués dans les chars comme des écoliers des billes dans leurs poches. Puis un soldat ripe et enfonce sa botte dans la boue. La marche cadencée du convoi en route pour la victoire se grippe, la peur vient comme un poison vert disséminé dans le réseau des veines. Les B1 s'immobilisent. Devant, comme tu atteins là-haut l'espace dégagé de Tannay, tu ne t'avises pas d'abord de ce qui se passe.

Au milieu du silence revenu après l'extinction des moteurs survient un bruit nouveau. Lointain et assourdi, il rend une sonorité pareille à celle du *Ohm* ininterrompu que les moines tibétains prononcent dans leurs monastères, ce chant profond qui se détache au-dessus du grand calme des contreforts himalayens. Puis cela devient le bruit crescendo d'une colère qui trouve sa voix et comme ça grossit, l'air alentour se met à vibrer. Bientôt la basse profonde que rend le moteur Rolls-Royce Kestrel de 640 chevaux s'échange pour un son plus aigu tandis que la silhouette si typique aux ailes de mouette inversées surgit. Enfin tu identifies le bruit strident, la trompette de Jéricho qui fait aux hommes le même effet que l'approche d'une gigantesque roulette de dentiste.

Il chute en piqué. Un Ju 87 qui à Tannay comme à Dresde fonce droit au sol. Cette fois-ci cependant il largue des bombes et il ne s'embrase pas. En plus de ceux qui sont tués ou mutilés sur-le-champ par l'éclat des explosions, les hommes sont pris par le terrain. La pente 276 est remodelée une nouvelle fois. De nouveaux cratères apparaissent dans lesquels les soldats chutent, des gerbes de terre meuble giclent sous lesquelles d'autres sont engloutis.

## 47

Après un bref instant d'extinction de la conscience tu découvres face à toi Tannay dévasté : les pierres de taille qui un peu plus tôt formaient le clocher se sont massées en un éboulis au pied de l'église, les rues dépavées sont trouées de cratères béants. Des façades de maisons éventrées mettent brusquement au jour l'intimité fragile des intérieurs. Puis tu te retournes et tu vois derrière toi dans l'aval de la pente les B1 qui rendent l'âme. Malgré le tohu-bohu environnant tu entends leur complainte grinçante de métal meurtri et tu distingues les hoquets ridicules de ceux qui essayent de se mouvoir avec des chenilles sectionnées. Au spectacle désolant de l'acier froissé de tes chars, tu devines qu'au-dedans, des artilleurs laissent la trace grenat d'un sang éclaboussé, maculant malgré eux de gouttelettes les commandes et les parois internes du blindage. Tu regardes longtemps en contrebas le triangle isocèle du bois refermé. Ainsi que lorsque tu avais veillé Pégase mourant, tu sens la brûlure d'un élan acide envahir ton genou gauche.

Au soir un de tes hommes retourne placer des charges explosives sur les trois chars abandonnés et trois gerbes d'étincelles jaillissent coup sur coup.

## 48

CETTE nuit-là dans la Villa Paradis Marie-Thérèse se réveille entre des draps poisseux au milieu de rêves indécis. Son pouls bat si fort que le sang fait cent vingt fois par minute dans sa tête un rush qui la laisse interdite. Alors, dans la nuit levée sous des constellations aux noms d'animaux, elle dévale les marches de l'escalier, passe le seuil de la porte majestueuse en plein cintre et se jette à corps perdu dans la grande masse noire de la nuit. Sous ses pieds nus le gravier crisse puis sur la pelouse rase sa course rend un bruit feutré. Elle traverse le jardin et emprunte une allée bordée de buissons d'aubépine auxquels elle accroche le tissu de son vêtement de nuit. Comme elle court sans retenue à perdre haleine, bientôt son souffle manque et son corps est percé de tant de points de douleur vive qu'il devient un amas d'étoiles acides. La fatigue la prend comme dans le cosmos les trous noirs avalent dans leur force gravitationnelle des paquets d'astres et de comètes. Le sang qui lui monte au cerveau s'épand d'un coup, formant un anévrisme auquel elle survivra.

# 49

AUX campements pendant la retraite les hommes racontent. Autour du feu c'est la veillée. On a fait rouler quelques pierres, on a mis ce qu'on avait trouvé en vrac : des branches chues, des cageots, des bouts de meubles abandonnés glanés dans des maisons vides et amassés sous le regard matois d'un chat. Ça prend mal alors on se passionne pour l'étincelle jaillie qui allume une flammèche fragile. Enfin l'air l'avive et embrase un mince bout de bois sec. Cependant très vite une branche de bois vert fume trop, nimbant l'espace autour d'un brouillard si dense qu'on n'y voit plus rien. La fumée irrite les poumons. On toussote, les yeux pleurent. Passé un temps la fumée finit par se dissiper, elle part vagabonder en stratus miniatures qui s'accrochent aux toits des maisons avant de s'étioler et de se perdre dans le noir infini du ciel.

Le feu éclaire les flancs des B1 rescapés qu'on a parqués en cercle. Les hommes, dont les ombres se projettent sur les blindages, rejouent la bataille avec de grands éclats de voix et des gestes à l'appui.

Ainsi, les récits de la guerre ont l'air convaincant d'une épopée glorieuse, d'une histoire qui vaut d'être répétée en temps de paix dans d'autres veillées pour des enfants à l'œil agrandi, quand leurs mères ne sont pas là pour entendre.

Les hommes racontent comment sur la pente 276 la guerre a commencé par le silence bourdonnant de la surdité et le flou d'une vision empêchée. En explosant, en plus d'avoir blessé les oreilles et les yeux, les bombes avaient creusé des cratères et il n'avait plus été possible de progresser. Sourds et dans l'immobilité forcée, ils avaient peiné à discerner derrière la cornée blessée les silhouettes de leurs camarades. En fin de compte la seule chose qui avait permis de s'orienter, ç'avait été l'inclinaison de la pente. Si ç'avait été plat ils n'auraient pas su où aller parce que tout était confus entre les gerbes de terre qui giclaient et la fumée qui montait des bombes explosées. Quand enfin ils étaient parvenus au haut de la côte, ils s'étaient retournés et avaient vu certains des chars ruinés. Ils avaient essayé de distinguer les lettres blanches sur les tourelles mais c'était impossible et ils n'avaient pas su à qui il fallait penser. Parmi les hommes, certains disent sans y croire que si le bataillon arrive jusqu'à Juniville les mécanos pourront retaper les chars abîmés. Mais bien sûr tout le monde sait et toi aussi que la guerre est déjà perdue.

Au soir du 30 mai à Granpré, le 9 juin à Juniville, le 12 au sud-est de Suippes, le 13 à Vitry-le-François, et le 15 à Bar-sur-Seine, tu répètes l'ordre de faire sauter les blindés passés derrière la ligne de l'ennemi. L'hécatombe ne s'interrompt qu'alors, une semaine avant que tu n'apprennes la signature de l'armistice.

## 50

TA GUERRE ne s'arrête pas là. Tu résistes. À l'automne 1940, à la suite du repli de l'armée française en Algérie voulu par le général de Gaulle, tu es affecté au 2e régiment de tirailleurs algériens. Pendant plusieurs mois, tu fais des vols entre l'Algérie et la France dans un Amiot 143 pour le compte du général Weygand, délégué du gouvernement en Afrique française. Plus tard, fin 1943 et début 1944, c'est avec un Sikorsky R-6 que tu effectues des missions de liaison auprès du général commandant de la 5e armée américaine.

Le plus souvent les rotations ont lieu de nuit au départ de la base aérienne de Blida située à trente kilomètres au sud-ouest d'Alger. Le Sikorsky stationné dans un hangar de l'aérodrome de la base 140 est remorqué sur l'aire de décollage avant que le pilote n'allume le rotor et que les trois pales ne soulèvent un nuage de poussière que tu traverses pour aller t'asseoir dans la bulle de verre du cockpit. Vous vous élevez et vous quittez les contreforts de l'Atlas, doublez Alger qui scintille sur la côte et vous engagez au-dessus de l'onde noire de la mer Méditerranée qui abrite des méduses et des épaves gorgées de coffres à trésors emplis de lettres d'amour cachetées. Toulon s'annonce, ainsi qu'Alger quittée, par des lumières allumées dont le dessin épouse la côte et fait un delta de clarté. À l'est Cannes brille moins nettement mais avec la répétition des trajets tu apprends à la reconnaître. Marie-Thérèse est debout sur un des balcons de la Villa dans un déshabillé de satin Maggy Rouff brodé de motifs floraux. Elle regarde le grand vide du ciel constellé. Elle tient à la main le cahier de tes poèmes que je tiens dans mes mains.

Il arrive qu'il te faille communiquer des informations au plus près des zones de combat : dans les maquis voire dans la bande de cinquante kilomètres officiellement démilitarisée qui passe dans les Alpes. Alors tu redécolles depuis Toulon. Vous survolez des champs de lavande mauve sous lesquels courent des galeries labyrinthiques creusées par des mulots. Vous passez au-dessus de la garrigue et de son réseau d'épines, de buis, de genévriers, d'arbousiers et de lentisques dans quoi il y a des chenilles prêtes pour leur mue, des sauterelles affamées et des scarabées noirs. Vous passez des forêts dont les frondaisons abritent des maisonnettes isolées. Vous survolez des pierriers emplis de vipères avides de souris blanches, vous volez à l'à-pic de glaciers dans lesquels des hommes sont pris, les membres bleuis perclus de gelures sévères et les poumons roses tapissés de givre à l'intérieur.

La dépose dure moins d'une minute. Un agent au sol récupère un message codé et t'en délivre un autre. Vous repartez jusqu'à Toulon. Ainsi sous toi pendant tout ce temps les Alpilles et la Méditerranée font des allers-retours. En mars 1944 tu es promu au grade de colonel et affecté au groupe d'escadrons de renfort du général commandant supérieur des troupes du Maroc. Tu retrouves alors Casablanca où ta colère n'en finit pas de grandir et ta peine de s'étendre.

## 51

Le 27 août 1944 tu es nommé au Centre d'instruction de l'arme blindée de Saumur qui rouvre le 1er janvier 1945 sous ton commandement. Dans les bâtiments il gèle à pierre fendre. Les hommes dorment avec les chevaux, blottis contre les flancs chauds. Certaines nuits il fait si froid que ça ne suffit pas pour s'endormir et alors ils allument des braséros près desquels ils frottent l'une contre l'autre leurs mains engourdies en somnolant. En dépit du froid qui troue les nuits il y a la joie de retrouver chaque jour au manège le mouvement emporté des chevaux, les couleurs magnifiques de leur robe, leurs odeurs de cuir. Ils sont pleins de vigueur : leur gueule écume au mors et leurs naseaux frémissent quand l'allure s'accélère. Les cavaliers battent fort les flancs de leur monture avec leurs bottes et cravachent à l'excès. Toi, du fait de ton grade, tu dors dans une pièce bien chauffée et tu ne montes pas les chevaux. À la place, tu rêves et ton cauchemar mêle aux souvenirs et à d'anciens rêves des visions empruntées aux jours présents.

Tu es au manège de Saumur. Tu montes à ta manière, courbé sur l'encolure tout en murmurant tes instructions au cheval qui t'écoute et rompt la trajectoire bien rodée du huit pour sauter la barrière, plus basse dans ton rêve que dans la réalité. Comme tu traverses la grande cour et passes l'enceinte du Centre d'instruction, franchissant le portail de fer forgé, tu sens ta chair épouser sous toi la peau de l'animal. Tu serres ta poitrine contre son dos jusqu'à ce que vos pulsations s'accordent. Tes jambes s'enfoncent dans ses flancs et peu à peu elles s'y engloutissent et disparaissent. Vos veines se suturent. Le cou et la tête du cheval s'amalgament avec les tiens dans un enchevêtrement de muscles, de tendons et d'os humains et chevalins. La créature monstrueuse que vous formez marque l'arrêt aux abords du bois puis s'engage sur une large allée. Dans la forêt le bruit des sabots résonne entre les chênes et les frênes, les cerfs et toutes les autres bêtes plus petites s'enfuient à votre approche. Les muridés s'enterrent et les oiseaux s'envolent.

## 52

Il n'y a que très peu de chevaux véritables à l'hiver 1945 à Saumur. La plupart d'entre eux sont des animaux mécaniques, des bêtes sans pattes mues sans souplesse, des bouts d'acier faits de la même matière que les B1 et qui s'agitent avec des spasmes sur des socles motorisés à l'entêtant bruit de bielles. Des machines ridicules, amputées des longs cous nobles. Des mécaniques semblables à des carcasses dans des camions de boucher, raidies, les moignons tendus vers l'avant et vers l'arrière, la tête manquante. Pour les couleurs pas d'alezan, de gris pommelé ou d'isabelle mais un seul gris métal. Pour un peu on se croirait à la fête foraine, aux attractions, à un de ces faux rodéos qu'on trouve à l'avant-guerre sur des terrains vagues dans les périphéries des villes de province, coincés entre un ring de poussière cerclé de cordes usées où l'on peut pour un franc s'essayer à affronter un lutteur qui ne perd jamais et les tentes de diseuses de bonne aventure qui mentent comme des arracheurs de dents en promettant l'amour. À la même époque, on trouve aussi ces machines de l'autre côté de l'Atlantique dans des saloons défraîchis. On tient fermement des deux mains le pommeau de la selle et on s'emploie à ne pas tomber tandis qu'une foule de badauds amassés regarde. Aux ranchs, de vrais chevaux hennissent dans des enclos en attendant d'être domptés. Plus loin des pur-sang sauvages vont dans des déserts où ils frappent la poussière à fond de canyon, laissant après eux des crânes d'un blanc de craie au fond de vallées écrasées de soleil.

## 53

AU PRINTEMPS 1945 cependant, le Centre d'instruction de l'arme blindée ne sert pas tant à former des cavaliers que des conducteurs et des artilleurs de char. Dans la cour des B1 sont stationnés. C'est ta partie mais tu as pris du galon et ce n'est plus toi qui tripatouilles les trains de roulement, tes mains ne sont plus maculées de graisse noire. Ça tombe bien puisque, comme depuis l'automne 1944 tu as périodiquement de brefs congés, tu peux faire des allers-retours à Cannes pour les poser tranquillement sur le ventre de Marie-Thérèse qui grossit tandis qu'au-dedans le cœur de ma mère commence de battre, puis ses os de se former.

Le 8 mai 1945, le maire de Saumur, Robert Amy, fait placarder l'avis suivant : "La GUERRE est terminée ! / Nous n'aurons plus à déplorer la perte de vies humaines ! / L'Armée Française et celles des Nations Unies viennent d'abattre l'ennemi ! / Le Nazisme et le Fascisme sont écrasés ainsi que le régime de VICHY qui s'est fait leur complice et dont nous subissons encore les désastreux effets ! / HITLER, MUSSOLINI ont disparu de la scène publique. / Les QUISLING, PÉTAIN, LAVAL et leurs valets ne doivent plus y revenir ! / Le monde veut la Démocratie et la Paix ! C'est un devoir pour chacun de lutter pour cet Idéal ! / Vive SAUMUR ! Vive la FRANCE ! Vive la RÉPUBLIQUE !" Quatre cents chevaux de chair et d'os reviennent dès l'été au manège.

## 54

Tu rejoins la 5e division blindée, dont l'insigne est un cheval noir cabré. La notice Wikipédia se plaît même à faire le parallèle avec le passé héroïque des cavaliers d'un autre siècle et remonte jusqu'à Alexandre le Grand et à Bucéphale. À partir de 1945 tu stationnes à Landau, dans les forces françaises en Allemagne. Marie-Thérèse et ma mère sont à Neustadt, tout près. Sur la couverture du trentième numéro de la revue de la division qui tire une fois par mois figure en manière de table des matières la liste des éléments détaillés dans le corps du texte. On peut lire : le départ du colonel Préclaire. La revue est datée du 16 avril 1948. Tu passes donc plus ou moins trois ans du côté de Landau, dans une unité qui monte à cheval et pratique l'art de la chasse en manière de substitut à celui de la guerre. Tu montes à nouveau. Te reprend l'habitude, après trente années de césure, de porter le pied à l'étrier et de te courber sur ta monture pour lui susurrer tes ordres. Tes hommes et toi, vous vous en allez vers les bois aux lueurs roses de l'aube, vous passez les journées en des cavalcades qui s'étirent jusqu'aux feux violacés du crépuscule. Vous poursuivez des gibiers de toutes sortes : des daims, des lièvres et des sangliers. Vous revenez à la caserne chargés de dépouilles, des yeux de biches ouverts tressautent sur les croupes des étalons que vous éperonnez sans faillir. Vous y mettez du cœur, toute une soif enfouie de revanche : ces bêtes sont sur les chasses gardées autrefois défendues que vous jouissez de profaner du bruit de vos fusils. À la nuit autour du feu vous souriez large, vous riez fort et vous mangez cru. Mais c'est la fin. Chaque semaine qui passe l'arthrose qui se développe précocement dans ton genou meurtri rend ta posture sur le cheval plus douloureuse. À Neustadt ton foyer t'appelle. Au printemps tu quittes l'Allemagne pour Besançon qui sera ta dernière affectation avant la retraite, le 7 janvier 1951.

# 55

Tu te tiens droit dans la cour d'honneur du palais des Invalides que protège le décorum des remparts, des douves et des canons tournés vers les parterres fleuris ainsi que les pelouses tracées au cordeau sur lesquelles çà et là des familles pique-niquent autour d'un panier en osier. Au-delà il y a la Seine qui coule son eau grise entre les deux Renommées couvertes à la feuille d'or du pont Alexandre III. La Culture côté nord et la Guerre côté sud sont toutes deux accompagnées de Pégase, mais toi tu ne vois pas derrière les remparts. Tu es ici parce que la Patrie t'est reconnaissante. Le grade t'est remis sur le tard : tu es fait commandeur de la Légion d'honneur l'année même où il est certain que tu ne commanderas plus personne. Il n'y a pas d'ombre dans la cour, rien que le soleil aussi droit que toi qui tombe à la verticale sur les hommes et se réfléchit sur les graviers trop blancs au sol et sur les façades grèges. La lumière vive fouille tes yeux plissés, exagérément ridés, dont les cils blancs clairsemés ornent l'ovale oblong. Personne ne parle, le silence est épais comme celui qui clôt les grandes canonnades et le rang est bien formé. Vous êtes tous au garde-à-vous, comme depuis presque quarante ans vos talons sont blessés dans les bottes. Vous portez des uniformes d'un même modèle : la veste beige sur la chemise blanche au col empesé, les décorations au revers. Aujourd'hui il y a cette décoration supplémentaire qu'on appelle la cravate et qui se porte comme telle.

Ton nom dans la liste est un peu en dessous de ceux de Poincaré et de Louis Mercier, parmi trois mille autres, au troisième grade après ceux de grand officier et de grand-croix. Tu souris à l'homme qui te remet la décoration mais en vérité ton genou te fait mal, il lance et tu ne remonteras plus jamais un cheval. Tu penses à l'acier des B1 qui rouille quelque part sur une pente aux environs de Tannay.

## 56

Ta carrière militaire achevée pour de bon, tu t'en retournes à Cannes couler auprès de Marie-Thérèse des jours heureux. C'est l'enfance de ma mère. Bien plus tard, lorsque mon tour sera venu d'être un enfant, celle-ci me racontera. Alors tout aura disparu. Sur un canapé clic-clac dans un trois-pièces en banlieue, elle me dépeindra la Villa Paradis. Ses prunelles s'agrandiront comme si elle avait sous les yeux les images de ses souvenirs et que tout était recréé. Elle ne me montrera pas de photos ni ne me fera de description précise mais elle parlera du couloir si grand qu'elle pouvait y jouer au football et des pièces si nombreuses qu'il y avait une salle de téléphone. Les volutes de fumée des cigarettes qu'elle fumera s'étageront en nappes statiques et lourdes dans l'appartement. Elle me parlera des vingt Rolls-Royce avec chauffeur dont une lui était réservée pour ses trajets jusqu'à l'école. L'odeur de tabac sera si écœurante que je voudrai descendre la cage d'escalier pour sortir traîner dans les rues de Cergy-Saint-Christophe et zoner à la gare de RER.

Le temps file. Dans le cahier que j'ai hérité il y a un poème écrit à cette époque qui raconte qu'après bien des tourments tu as fini par comprendre les secrets du cœur de Marie-Thérèse, que votre maison est belle, que votre fille grandit. Tu parles aussi de l'avenir. Tu lui dis que tu cueilleras pour elle des raisins et des mirabelles et que vous vieillirez ensemble. Comme vous n'avez pas le niveau, ni ma mère ni toi ne remarquez que dans ses phrases en latin Marie-Thérèse commence à faire des fautes.

# 57

La maladie vient avant la vieillesse et gagne progressivement tout le corps de Marie-Thérèse. Ses joues se creusent. Son teint blêmit, son sourire n'est bientôt plus qu'un fléchissement de l'arc de la bouche. Le cancer grandit. Malgré une opération au cours de laquelle on en retire la plus grande partie, il se propage et en quelques semaines il fait des métastases dans plusieurs organes. Il l'affaiblit tellement que le jour vient où elle n'arrive même plus à boire. Ses lèvres sont dépulpées, ses mains un entrelacs noueux de veines et d'os. Un mince filet de salive ruisselle à la commissure de ses lèvres qu'elle éponge d'un mouchoir de dentelles fines. Elle dort par tranches de deux heures, ses cauchemars lui semblent interminables. Celui qu'elle fait lors de son dernier sommeil de vivante la terrifie.

Elle porte la robe rouge de chez Doucet mais dans le rêve ce n'est pas un rouge éclatant, c'est une teinte sombre, une sorte de pourpre. Elle marche au bord de la mer, seule. Ses bras sont nus et elle a froid. Çà et là dans le sable il y a des blocs de pierre érodés. Plus elle progresse et plus les blocs sont nombreux. Ils forment des amas. Enfin elle reconnaît vaguement les silhouettes de tourelles à demi écroulées. Le vent s'est levé. Ses longs cheveux dénoués la gênent, parfois ils viennent couvrir son visage. Une vague immense monte le long de la ligne de l'horizon. Elle n'est ni noire ni bleue, ni blanche d'écume. C'est un grand rouleau de feu, un incendie qui vient depuis l'autre côté de l'océan et qui dévore l'eau comme si la mer était un énorme bassin de pétrole. Le feu progresse très vite, la haute vague s'approche. Elle peut sentir la chaleur sur elle. Elle a du mal à respirer. Elle se force à inspirer profondément mais c'est comme si l'air ne venait pas dans ses poumons. Elle suffoque. Elle sait qu'elle doit se dépêcher de se mettre à l'abri dans la tourelle mais elle n'y arrive pas. Elle est pétrifiée. Sous ses pieds le sable brûle, les grains se mettent à fondre puis fusionnent et la surface de la plage commence à se vitrifier.

Elle se réveille tremblante et suante. Elle ne peut pas te raconter mais tu lis l'effroi dans ses yeux et tu comprends. Tu t'allonges et tu caresses le duvet de sa joue. Tu passes tes doigts dans ses cheveux, tu te loves contre elle et la serres doucement. Comme ton visage est tout près de celui de ma grand-mère qui meurt, tu vois dans le fond de ses yeux qu'elle n'en a plus pour longtemps et tu sanglotes de colère et d'effarement. Vous voulez échanger des mots d'amour mais vous ne dites rien.

Tu te retires. Par la fenêtre un aulne danse avec des tressautements nerveux tandis qu'il semble à la vicomtesse que les feuillages dessinent successivement toutes les images dont fut tissé le fil de sa vie.

## 58

Le lendemain lorsque tu entres dans la pièce, tout est immobile. Tu remarques ce que tu n'avais pas vu auparavant : que les moulures de plâtre au plafond sont écaillées et laissent dans les coins de la poussière et des copeaux gris. Aux murs les teintes sont passées, vieillies. La chambre baigne dans un demi-jour opaque. Retiré dans l'immobilité de la mort, le visage impassible de Marie-Thérèse est à la fois terrible et beau. Tu t'approches. Ce que tu vois dans ses traits, c'est un mélange de toutes les expressions qu'elle eut depuis l'enfance jusqu'à la mort. Tous ses âges se mêlent, la porte du temps s'ouvre. Des images te viennent qui sont brusquement remplacées par d'autres. L'ensemble compose une sorte de film accéléré et halluciné de sa vie.

Après être demeuré un long temps près d'elle sans rien faire d'autre que contempler au revers de ta cornée ces fragments de souvenirs et de visions imbriqués les uns dans les autres, tu fais les choses nécessaires. Tu appelles un médecin qui constate le décès et la gendarmerie qui enregistre le jour et l'heure. Dans l'attente de la levée du corps, tu demandes qu'on apporte des fleurs. On vient poser des vases saturés de couleurs qui débordent de gerbes savamment désordonnées dans lesquelles il y a des fleurs cultivées et sauvages : des campanules, des iris, des mimosas, des tournesols et des reines-des-prés. Réfléchis à l'infini dans des miroirs qui se font face de part et d'autre de la chambre, les tournesols ressemblent à des yeux gigantesques et sans paupière dont la pupille dilatée à l'excès serait cernée de cils blonds.

# 59

Au soir le corps est enlevé par des employés d'une entreprise de service funéraire. Dans le lit Marie-Thérèse est entre ses draps blancs. On te laisse le temps de te mettre à genoux auprès d'elle et de pleurer. Tu serres si fort tes paupières de colère et de chagrin que tout autour sur ton visage un réseau rougeâtre de stries se dessine. Enfin tu te relèves et tu regardes des silhouettes anonymes emporter la femme que tu aimes alors que ce que tu aurais voulu, c'est t'occuper toi-même d'elle et l'emmener en la portant dans tes bras. Vous auriez descendu les marches de l'escalier, auriez passé comme autrefois le seuil de la porte majestueuse en plein cintre encadrée de deux atlantes sculptés et vous auriez traversé le jardin planté de phénix, de cycas et de chamérops. Tu te serais arrêté pour reprendre ton souffle devant la fontaine ornée d'un putto assis dans une coquille. Au sortir du parc de la Villa, tu l'aurais amenée jusqu'à la voiture garée dans une allée bordée de buissons d'aubépine. Tant bien que mal tu l'aurais chargée sur la banquette de cuir de la Rolls-Royce 20HP et conduite jusqu'à la Croisette où tu l'aurais à nouveau prise dans tes bras pour la porter jusqu'à la mer et l'y déposer.

Au lieu de quoi elle est passée par des mains gantées avant de recevoir dans une salle froide des soins d'embaumement. Après avoir couvert ses yeux et cousu ses lèvres, on a injecté dans ses veines un peu plus de six litres de formol ainsi que de l'éthanol qui se sont mélangés à son sang. Trois jours plus tard elle est inhumée au cimetière du Grand Jas à Cannes. La cérémonie funéraire se déroule devant l'emplacement 34 de l'allée des Immortelles. Pendant qu'on récite les mots de circonstances, toi tu lui dis au revoir en poursuivant la rêverie commencée soixante-douze heures plus tôt : alors que le cercueil descend au ralenti dans la fosse à l'aide de deux cordes qui le retiennent, tu te figures que l'écume de la mer monte le long de tes chevilles. Tandis que des pelletées de terre viennent peu à peu couvrir le bois de chêne verni et les ferrures dorées, sa chevelure ouverte en une large corolle ondule dans les vaguelettes. Sous le ciel d'un bleu qui t'offense, tu t'imagines là-haut les constellations allumées dans la nuit claire et regardes pour la dernière fois les grains de beauté sur sa peau laiteuse mirer en minuscule et en négatif la carte des étoiles du cosmos. La mer l'emporte doucement.

Tu nages auprès d'elle cette seule nage que tu sais, ce dos crawlé qui force l'appui du bras gauche sous l'eau pour compenser la faiblesse de la jambe.

## 60

Après ça il s'est écoulé des années égales jusqu'au jour où tu as désiré courir. Un soir de l'automne 1964, sans explication raisonnable et pour la première fois depuis la seconde à laquelle en 1917 un éclat d'obus avait fait de toi un boiteux, tu as désiré courir. Ça a d'abord été imperceptible. Alors que tu marchais, le balancement habituel s'est légèrement accentué. Même si le mouvement était à peine changé, ça te faisait atrocement mal. Tu pensais à l'iniquité de la vie, à l'injustice de la loi qui partage les vivants et les morts. Ton visage s'est fermé. Tous les muscles qui ne participaient pas à la marche se sont mis en sommeil. Le sang a convergé dans les jambes. À chaque pas tu as consenti davantage à ce que ta jambe droite s'affaisse et tu as trouvé dans les muscles atrophiés de ton mollet gauche la ressource d'une détente un peu plus prononcée. À cause de la douleur, de près, on aurait pu voir des larmes couler sur tes joues. Il y a eu ainsi dix pas, puis vingt, puis cent mais jamais un pas qui t'ait permis cet infime temps de suspens grâce à quoi la marche s'échange en course.

Et puis il y a eu le moment où l'éclat d'obus s'est rappelé si terriblement à toi que la douleur a été comme une étoile explosant dans ton genou. La jambe gauche s'est dérobée de la même manière qu'autrefois lorsque tu faisais seul ta rééducation. Tu es tombé lourdement. La hanche droite et l'épaule ont frappé le sol avant le crâne. Tu es resté quelques instants hébété sans plus penser à rien. Comme tu avais cessé de pleurer et de te révolter contre l'injustice de tout, tu sentais une grande paix t'envahir. Alors tu as compris que c'était la faute de la colère et des larmes, que tu étais tombé parce que tu avais consommé pour la haine et la peine l'énergie qui t'avait manqué pour la course. Tu t'es relevé. Tu as décidé de recommencer sans pleurer et sans penser à rien d'autre qu'au léger mouvement de balancier qui échange le poids du corps d'une jambe sur l'autre. Le premier pas a été plus dur, mais tu as trouvé la ressource et tu as consenti de nouveau au balancement. Cette fois-ci tu as dosé très justement l'écoute et l'oubli de ton corps. Les rares passants attardés dans les rues en fin de soirée regardaient sans comprendre la masse étrange de muscles surmontée d'une tête dodelinante qui se mouvait difficilement mais gagnait en légèreté à chaque pas. Toi tu ne regardais rien ni personne, tu t'imposais une quasi-cécité. Tu concentrais ton regard sur un point aveugle en avant et ton champ de vision était étréci à ce point unique. Tu t'efforçais aussi de ne pas écouter tes nerfs qui suppliaient que tu arrêtes. Malgré toi, ta mémoire faisait périodiquement surgir dans ton cerveau des images mentales douloureuses mais tu t'appliquais à les faire disparaître.

Tu es parvenu à cette sensation à mi-chemin de l'anesthésie et de l'extrême douleur. Cette fois-ci tu es allé au-delà, tu as fait exploser la gangue de boue, de mémoire sale et de mort qui tenait tes jambes liées et ta vie prise au filet de batailles perdues et d'un amour disparu. Il y a eu un temps infime où ton corps n'a pas touché le sol. Tu l'as senti très clairement. Tu as senti que tu avais ouvert l'espace et le temps et que tu ne t'arrêterais pas de courir. À mesure que la ville derrière toi s'éloignait et que le ciel se drapait d'étoiles, ta foulée gagnait en aisance et tu apprenais à projeter ton corps en avant des épaules et du dos. Tu apprenais à courir avec tous tes muscles plutôt qu'avec ceux des jambes. La fatigue qui te venait était douce. Depuis le commencement tu n'avais rien entendu d'autre qu'un affreux bourdonnement déchiré par instants du bruit des voitures ou d'éclats de voix mais désormais, dans la campagne, c'étaient des aboiements de chiens qui semblaient se donner un relais à ton passage.

Et puis il y a eu la forêt. C'est là seulement que tu as rouvert pleinement les yeux car jusqu'alors tu regardais le monde le moins possible, seulement par fragments entre deux battements prolongés de tes paupières plissées, juste assez pour ne pas trébucher. Dans la forêt en revanche, voir distinctement devenait une absolue nécessité. La lune éclairait faiblement des chemins couverts de feuilles en cet automne très froid et il ne fallait pas tomber. Tu es parvenu à varier tes allures, à accélérer et à ralentir pour épouser les difficultés du terrain. Ton ouïe s'aiguisait. Loin de tous les autres hommes sur le fond du silence tu as discerné des froissements d'ailes envolées, des hululements de chouettes, des chutes de branches et d'autres bruits infimes : des repas d'oiseaux, des respirations de renards endormis, des processions d'insectes.

## 61

Au fil de ta course tu es aussi parvenu, en dépit de l'obscurité et à la faveur de la lune, à nommer les arbres qui étaient autour de toi : les bouleaux, les érables sycomores, les sorbiers des oiseleurs. Plus loin, quand le terrain s'est escarpé et que tu as gagné en altitude, c'étaient des sapins au pied desquels se trouvaient des bouquets de fougères arborescentes aux noms difficiles : la doradille des ânes, le botryche lunaire, la dryoptéris de Linné. Tu projetais ton regard loin et haut dans les branches couvertes d'épines, tu sentais les feuilles des fougères sur la peau de tes jambes, tu foulais des plantes très petites dont la bigarrure faisait au sol un motif joaillier. Enfin la forêt a disparu et tu as atteint des chemins de pierre, des balcons rocheux, des cluses et des moraines. C'était le désert minéral des sommets balayé par les vents dont la rumeur enfle à l'approche des cols et dont le souffle assourdit à l'épine du sommet. Tu as gravi les reliefs d'une course faite de pas agiles, de sauts, de chancellements infimes heureusement avortés par des relances vives. L'air raréfié t'a grisé, ta tête a tourné et le panorama déployé des neiges éternelles qui fait un cercle découpé de blanc pur sur la profondeur claire du ciel bleuté t'a soulagé de tout.

## 62

SUR la crête, l'étourdissement né de la raréfaction de l'oxygène était chaud comme l'ivresse. La douce asphyxie de l'azote qui dans une proportion trop grande dilatait tes poumons rétractés comme des éponges asséchées te communiquait une joie diffuse et impalpable. À cause de l'hypoxie, par moments ta perception décrochait. Tu avais des ratés, des sommeils d'une seconde que compensait la vigilance du corps qui sait lire le terrain par proprioception. En dépit de l'état semi-comateux dans lequel tu sombrais, sans t'en rendre compte ta foulée s'accommodait du tranchant des arêtes. Tes pieds savaient malgré toi, les terminaisons nerveuses étaient éduquées pour faire face à cet état de conscience altéré, les os innombrables de ta voûte plantaire s'adaptaient au relief. Le flou sur ta cornée voilée de sueur suscitait des ombres, des formes qui bientôt se sont mues en visions. À ton côté sur le sommet du monde il te semblait qu'un cheval courait. Comme toi il était blessé mais si grisé par la course qu'il ignorait la douleur au tarse gauche. Sa silhouette avait quelque chose de bizarre que tu as mis longtemps à identifier : il était surmonté d'un cavalier.

## 63

La fatigue t'a rattrapé, l'acide lactique ignoré s'était accumulé en une dette énorme et les muscles pris de tétanie ont lancé des signaux fulgurants dans le réseau des veines, le sang chargé d'azote a empoisonné les nerfs et le tremblement s'est propagé. Tu as regagné la forêt dans les convulsions et les spasmes. Tu t'es allongé longtemps pour calmer la crise, le cœur emballé. Tu t'es efforcé d'expirer lentement, en comptant jusqu'à dix. Tu as observé la canopée sur toi, la couverture d'ombre bienveillante, les branches calmes des sapins. Tu t'es endormi sans savoir si c'était vraiment le sommeil. Dans ton coma, un jeune homme descendu de cheval te disait là, là, ça va aller, tandis qu'il pansait la plaie rouverte de ton genou.

## 64

Ce n'était pas la mort mais ta respiration était considérablement ralentie. En l'espace d'une minute, tu n'inspirais et n'expirais plus que deux ou trois fois et ton cœur battait onze, parfois douze pulsations. L'enchevêtrement de tes cheveux poivre et sel semblait un grand lichen qui se déployait autour de ton visage comme une vaste auréole. Tes yeux fermés ne s'ouvraient plus. Parfois seulement, quand une châtaigne ou une noix tombait, tu frémissais légèrement. La contraction dessinait une ride que le relâchement qui suivait effaçait aussitôt. Le ruissellement de l'eau de pluie sur ton visage ridé égarait de temps à autre une goutte à la commissure de tes lèvres. Celle-ci imprégnait doucement ta bouche, filtrait dans le sang par les muqueuses.

La nuit était froide. C'était la saison des premiers gels qui mordaient les feuilles restantes aux arbres caducs. Au matin la rosée était du givre. L'air se muait en un voile de brouillard épais qui figeait le temps pendant des heures. La course du soleil allait en s'inclinant, faisant de la forêt un espace où les ombres projetées s'étiraient comme les formes qui peuplent les cauchemars. Des crissements résonnaient dans cette atmosphère lugubre de monde abandonné. C'était la forêt des contes quand l'enfance y découvre le lieu où se perdre, tressaillir et disparaître. Sur le sol autour de toi il y avait la grande palette des couleurs des feuilles mortes et dans la terre sous toi un charnier d'insectes et de corps d'animaux morts était mêlé au mycélium et à son immense réseau de filaments blanchâtres. S'il avait été donné à quelqu'un d'être au plus près de ton cœur à ce moment-là, il y aurait perçu ta détresse comme jamais.

# 65

La villa Paradis est depuis longtemps divisée en grands appartements bourgeois, la fortune de Marie-Thérèse dilapidée. Le titre de vicomtesse est tombé dans l'oubli, les actes de propriété ont été cédés. Le château de Noulette est un vestige. Ma mère a vécu la chute vertigineuse. Grandie dans la splendeur, elle n'avait plus comme consolation à l'âge adulte que la mémoire et la nostalgie de la grandeur perdue. Je suis venu bien plus tard. Longtemps je n'ai rien su. Dans le corps de ferme au sol de terre battue où j'ai fait mes premiers pas et plus tard dans les petits appartements en banlieue dans lesquels j'ai grandi, j'ignorais tout de Marie-Thérèse et de toi mais par des chemins détournés vous êtes venus jusqu'à moi. Des visions me traversent. Vos vies disparues demeurent sous la forme de fragments profondément incrustés sous mon crâne. Depuis l'enfance, la nuit, j'emprunte malgré moi dans mes rêves d'interminables boyaux de mines et de tranchées. Je vais dans des bois sombres, je vois des châteaux écroulés.

## 66

Je te cherche à nouveau dans le cahier à la couverture rosée dont la page de garde a bruni mais qui est très bien conservé et muni d'un protège-cahier de plastique transparent. Il y a un feuillet détaché, glissé au tout début. Le feuillet est une page sans lignes prétracées, avec une pliure verticale et deux horizontales. L'écriture, comparée à celle des autres poèmes, est bien la tienne. Le poème rédigé sur ce feuillet séparé s'inspire très visiblement d'*If* de Kipling et commence par faire allusivement état des deux guerres. Il parle d'un siècle infernal mais tait les détails.

L'enfer revient maintenant que c'est moi qui écris. Je n'ai qu'à fermer les yeux pour entendre distinctement le bruit des chaînes du char B1 bis, *tac tac tac tac*. C'est dans ma tête avec le bruit rapide et feutré des douze mitrailleuses Hotchkiss de 8 mm à tir automatique auxquelles tu commandais sur le Chemin des Dames. *Frrrrr*. Comme de marcher sur un tapis de feuilles mortes en novembre. Mes oreilles bourdonnent du souffle émis par l'éclat de l'obus de 100 tombé du ciel en 1917 qui t'a en même temps blessé la jambe et sauvé la vie.

# 67

POUR moi aussi c'est l'automne. Derrière ma fenêtre les poires sont mûres, dans les chemins les bogues de noix d'un vert d'olive s'ouvrent sous les doigts noircis des enfants qui jouent à briser les coques d'un coup de bottes et se gavent des cerneaux dorés. La boue coule dans les chemins, couve des racines enfouies dans les champs ensemencés qui s'apprêtent pour l'hiver, s'endorment. J'ai beaucoup attendu avant d'enfin ouvrir la revue de la 5e division blindée datée du 16 avril 1948 qui porte sur sa couverture un cheval cabré. Je n'ai encore jamais vu une photo de toi. Je sais que tu es dans la revue et que tu m'attends, qu'en tournant les pages je vais te rencontrer.

Tu es aux pages 18 et 19. C'est un article intitulé "Le Départ du Colonel Préclaire". D'abord je me retiens de regarder les photos et je lis le texte qui reproduit l'ordre no 130 :

*Par décret en date du 28 janvier 1948, le Colonel Préclaire est nommé au Commandement de la Subdivision de Besançon.*

*Pendant plus de deux années passées à la tête du Groupement Blindé N° 4, le Colonel Préclaire a su faire bénéficier les unités sous ses ordres de sa grande expérience de technicien et de combattant de l'Arme Blindée.*

*Officier Supérieur d'une très haute valeur morale et d'une parfaite loyauté, il s'est attiré l'entière confiance de ses Chefs et de ses subordonnés.*

*Au moment où le Colonel Préclaire, qui a été son Compagnon d'armes au Maroc, quitte la Division, le Général Commandant la 5e Division Blindée tient à lui exprimer ses sentiments personnels d'affectueuse camaraderie et à lui dire, au nom de tous, ses regrets de le voir partir. Il espère que son nouveau Commandement lui procurera toutes les satisfactions que ses qualités de Chef lui donnent le droit d'escompter.*

Et puis je regarde enfin les photos. Il y en a trois. Sur la page de gauche, c'est un portrait en pied. Ta jambe gauche est légèrement pliée, ton visage est fermé. Je ne vois presque rien. Le nez est droit. Tu ne fixes pas l'objectif du photographe, si bien que j'ai beau te chercher du regard je ne te trouve pas. La deuxième photographie est page 19. C'est une photographie de groupe qui est légendée ainsi :

*Déjà en 1925, les recrues d'un Régiment étaient quelquefois rassemblées en unité d'instruction. Sur cette photo, qui représente les Officiers du Centre d'Instruction des chars du Maroc, nous reconnaissons de droite à gauche : le Lieutenant Préclaire, le Lieutenant Manceaux-Demiau qui fut Chef d'État-Major de la 5e DB et le Capitaine Mozat.* Pourtant sur la photo il n'y a pas trois mais six hommes ce qui fait que tu peux être n'importe lequel des quatre hommes en partant de la droite. La photo est petite et surexposée et, j'ai beau regarder attentivement les visages, je n'arrive pas à savoir lequel tu es. La troisième photographie, en bas à droite de la page 19, est sans ambiguïté. Tu es sur la gauche tandis qu'au centre il y a le lieutenant-colonel des Portes de la Fosse et à droite le colonel Grout de Beaufort. Là encore pourtant ton regard est fuyant, et puis la photo n'est pas bonne. Elle est floue.

## 68

J'IRAI ce dimanche au club équestre visiter les chevaux qui sont à la carrière dont le sable couleur crème brille sous la pluie comme un trésor, un tapis de diamants. Des apprenties cavalières caresseront les crinières d'Aslan, de Kentucky ou de Norton avant de monter l'un ou l'autre. Un cheval noir mordra de son sabot le sol iridescent. Il sentira au-dessus de lui le nuage grossi qui gronde, s'emballera face à l'obstacle aux couleurs de sucre d'orge et, cabrant subitement, adressera à la pluie qui tombe, au ciel derrière, aux comètes qui vont malgré nous et arrivent tout bientôt son hennissement triste et sauvage.

Je saurai le monter. Il faudra commencer par l'apaiser et pour cela je trouverai les mots qui se murmurent dans ce genre de circonstances. Moins les mots que le timbre juste de la voix qui dit là, là, doucement, c'est bien, calme-toi, tout va bien. Qui dit maintenant je vais te monter, je vais porter le pied gauche à l'étrier et t'enjamber, le poids de mon corps s'établira à la verticale de toi mais périodiquement je me courberai sur ton encolure pour continuer de te parler, pour te dire le chemin et qu'en dépit de l'orage qui gronde et des comètes qui arrivent nous avons toi et moi quelque chose d'important à faire, quelqu'un à aller voir qui s'est perdu au fond d'un bois et dont la vie ne tient plus qu'à un fil.

Le chemin sera long et tortueux. Dans mon dos, mon sac chargé ballottera.

Nous partirons au soir. Nous commencerons par nous éloigner de la ville. D'abord, sur les routes d'asphalte qui blessent les sabots et font tinter les fers, tu iras au pas. Des voitures nous doubleront. Les conducteurs étonnés ne comprendront qu'au tout dernier moment que c'est un cheval sur la route devant eux et ils feront un écart mais passeront trop près et je sentirai dans tes flancs un spasme d'effroi. Puis comme la nuit avancera et que le noir sera plus profond dans la campagne tout s'apaisera autour de nous. Je bifurquerai quelque part pour prendre un chemin qui serpentera et tu commenceras à trotter.

## 69

NOUS irons dans le silence ponctué de loin en loin par des aboiements de chiens, aux heures avancées de la nuit. Comme au trot les temps de suspension entre tes foulées seront inégaux, je m'apercevrai que quelque chose ne va pas. Je penserai que c'est de l'arthrose et puis je me rendrai à l'évidence que c'est plus que cela, une boiterie héritée d'une vieille blessure. Pour te soulager je me mettrai au trot enlevé, prenant appui sur les étriers un temps sur deux. Dans le ciel au-dessus de nous viendront Andromède et les Gémeaux et quand toutes les constellations auront tourné et que de fatigue tu commenceras à dodeliner de la tête, nous rentrerons dans la forêt. Pour peser encore moins je me tiendrai debout sur les étriers à la verticale de toi sans jamais me reposer. Nous irons sur une large allée forestière puis sur des chemins couverts de feuilles. Loin de tous les autres hommes sur le fond du silence nous écouterons les froissements que les oiseaux nyctalopes font dans les feuillages lorsqu'ils s'envolent, les hululements de hiboux et d'autres bruits très légers : des repas de rapaces, des respirations de loirs endormis, des processions de fourmis. Autour de nous il y aura des hêtres et des chênes. Nous ferons halte. Nous nous reposerons et je poserai sur ton articulation douloureuse un cataplasme à l'emplacement du tarse.

Nous repartirons au pas. Plus loin, quand le terrain deviendra escarpé et que nous nous élèverons vers des sommets, la végétation sera éparse et basse. Ce seront alors des ifs et des buis, du houx et des buissons de myrtilles sauvages. Nous atteindrons des balcons rocheux et nous traverserons l'étendue minérale des sommets. Comme ce sera l'heure bleue et que tu sentiras poindre l'aube à l'est derrière nous, tu oublieras ta douleur. Sur le chemin de crête malgré l'abîme, tu accéléreras et tu reprendras le trot mais cette fois-ci tu parviendras à susciter avec l'appui de l'antérieur droit et du postérieur gauche un temps de projection. La course dans l'air raréfié nous grisera tous les deux. Dans l'hypoxie tu échangeras le trot pour le galop. Tu feras du galop à gauche pour alléger la contrainte sur le tarse et je me mettrai en suspension sur les étriers, penché sur ton encolure. Je te parlerai. Je te dirai bien, c'est bien, comme cela nous irons jusqu'au bout du monde toi et moi.

## 70

LA FATIGUE viendra d'un coup. Les muscles de tes jambes te lâcheront et ton allure se brisera. Surtout autour de l'os du tarse gauche la résille des tendons et les fascias se raidiront. La vieille blessure se ravivera. Je mettrai pied à terre. Je vérifierai le contenu de mon sac à dos. Nous regagnerons la forêt tant bien que mal, d'un pas claudicant, et je te murmurerai des mots de réconfort, là, là, tout va bien, nous sommes redescendus, tu vas pouvoir te coucher sous la canopée qui te veillera. Tu t'endormiras et je m'endormirai après toi.

Quand je me réveillerai, je constaterai que ta robe d'un beau noir lumineux se sera éteinte pour n'offrir plus qu'une couleur mate. J'irai chercher dans une flaque une eau que je recueillerai au creux de mes mains pour l'apporter jusqu'à toi et la faire ruisseler dans ta gueule. J'accolerai mon oreille à tes flancs pour écouter battre ton cœur. Ton souffle aura ralenti, les pulsations se seront espacées. Je m'attacherai à nouveau à panser ta blessure mais l'articulation se sera infectée. La cicatrice en forme d'éclair noirâtre se sera rouverte sur l'entrelacs grenat des chairs, des filets de pus suinteront et je devinerai au-dedans l'étoile laiteuse des cartilages. Je ferai malgré tout un nouveau cataplasme. Le soleil descendra sur l'ouest, projetant des ombres étirées.

Quand ce sera le moment, j'ouvrirai mon sac à dos et j'en sortirai le vieux pistolet Star acheté comme arme de collection sur internet en même temps que la revue de la 5e DB. Je le chargerai avec des cartouches 7,65 Browning qui se trouvent facilement en armurerie. Je te susurrerai les mots qu'on dit dans ces cas-là, que tout va bien, que c'est la paix qui vient, que tu vas rejoindre quelque chose ou quelqu'un là-bas et que vous serez réunis. Je tirerai. Je ne te manquerai pas.

« un endroit où aller »

extrait du catalogue

176. Frédérique Deghelt
LA VIE D'UNE AUTRE

177. Gwenaëlle Aubry
NOTRE VIE S'USE EN TRANSFIGURATIONS

178. Eduardo Berti
RÉTROSPECTIVE DE BERNABÉ LOFEUDO

179. Victor Hugo
NAPOLÉON LE PETIT

180. Göran Tunström
CHANTS DE JALOUSIE

181. Anne Bragance
D'UN PAS TRANQUILLE

182. Annick Stevenson
BLANCHE MEYER ET JEAN GIONO

183. Pia Petersen
PASSER LE PONT

184. Nancy Huston
PASSIONS D'ANNIE LECLERC

185. Annie Leclerc
L'AMOUR SELON MME DE RÊNAL

186. Jean Duvignaud
LE JEU DE L'OIE

187. Breyten Breytenbach
L'ÉTRANGER INTIME

188. Jean-Luc Outers
LE VOYAGE DE LUCA

189. László Földényi
DOSTOÏEVSKI LIT HEGEL EN SIBÉRIE ET FOND EN LARMES

190. Ophélie Jaësan
LE POUVOIR DES ÉCORCES *SUIVI DE* LA NUIT DU SYMBOLE

191. Hubert Nyssen
LES DÉCHIREMENTS

192. Catherine Mézan
UN PIANISTE VU DE DOS

193. Max-Pol Fouchet
DEMEURE LE SECRET

194. Pierrette Fleutiaux
LA SAISON DE MON CONTENTEMENT

195. Arnaldo Calveyra
JOURNAL D'ÉLEUSIS

196. Anna Maria Ortese
AURORA GUERRERA

197. Kjell Espmark
HISTOIRES À CONTRECŒUR

198. Anca Visdei
L'EXIL D'ALEXANDRA

199. Jean-Claude Grumberg
ÇA VA ?

200. Nancy Huston
L'ESPÈCE FABULATRICE

201. Andy Merrifield
L'ÂNE DE SCHUBERT

202. Brigitte Allègre
LES FANTÔMES DE SÉNOMAGUS

203. Dominique Sassoon
ÉVARISTE ET LES CHIRURGIENS

204. Pia Petersen
IOURI

205. Frédérique Deghelt
LA GRAND-MÈRE DE JADE

206. Anne-Marie Garat
HONGRIE

207. Anne Walter
PAULA, EN PROFIL PERDU

208. Anna Maria Ortese
À LA LUMIÈRE DU SUD

209. Hubert Nyssen
L'HELPE MINEURE

210. Nancy Huston
JOCASTE REINE

211. Anna Maria Ortese
FEMMES DE RUSSIE

212. Ophélie Jaësan
ICEBERG MEMORIES

213. Annie Leclerc
PÆDOPHILIA

214. Pia Petersen
UNE LIVRE DE CHAIR

215. Renaud Ego
UNE LÉGENDE DES YEUX

216. Guillaume Pigeard de Gurbert
CONTRE LA PHILOSOPHIE

217. James Matthew Barrie
PORTRAIT DE MARGARET OGILVY PAR SON FILS

218. Frank Huyler
LE DROIT DE LA SOIF

219. Arnaldo Calveyra
LE CAHIER GREC

220. Frédérique Deghelt
LA NONNE ET LE BRIGAND

221. Nicole Roland
KOSABURO, 1945

222. Christian Dumais-Lvowski
ÉTUDES DE TRISTESSE

223. François-Bernard Michel
PROUST ET BECKETT

224. Bernard Pingaud
L'HORLOGE DE VERRE

225. Gisèle Bienne
KATHERINE MANSFIELD DANS LA LUMIÈRE DU SUD

226. Caroline Lunoir
LA FAUTE DE GOÛT

227. Hélène Frappat
INVERNO

228. Jorn de Précy
LE JARDIN PERDU

229. Anna Maria Ortese
MISTERO DOLOROSO

230. Nicole Roland
LES VEILLEURS DE CHAGRIN

231. Éric Vuillard
LA BATAILLE D'OCCIDENT

232. Éric Vuillard
CONGO

233. Valerio Magrelli
CO[RPS]-PROPRIÉTÉ

234. Valerio Magrelli
ADIEU AU FOOT

235. Henry Bauchau
TEMPS DU RÊVE

236. Jean-Claude Grumberg
VOTRE MAMAN

237. François Poirié
À LA LISIÈRE

238. Brigitte Allègre
LE CORAIL DE DARWIN

239. James Matthew Barrie
ADIEU, MISS JULIE LOGAN

240. Hubert Nyssen
DITS ET INÉDITS

241. Bertrand Leclair
MALENTENDUS

242. Cécile Ladjali
SHÂB OU LA NUIT

243. Jean-Luc Outers
DE JOUR COMME DE NUIT

244. Gisèle Bienne
L'ÉTRANGE SOLITUDE DE MANFRED RICHTER

245. Justine Augier
JÉRUSALEM

246. Jean-Claude Grumberg
POUR EN FINIR AVEC LA QUESTION JUIVE

247. Emanuele Trevi
QUELQUE CHOSE D'ÉCRIT

248. François Emmanuel
AVANT LE PASSAGE

249. Olivier Py
SIEGFRIED, NOCTURNE

250. Claude Miller
LE CINÉMATOGRAPHE

251. Clark Ashton Smith
LA FLAMME CHANTANTE

252. Carole Zalberg
FEU POUR FEU

253. Bertrand Leclair
LE VERTIGE DANOIS DE PAUL GAUGUIN

254. Claudie Gallay
DÉTAILS D'OPALKA

255. Éric Vuillard
TRISTESSE DE LA TERRE

256. Valerio Magrelli
GÉOLOGIE D'UN PÈRE

257. Teodor Cerić
JARDINS EN TEMPS DE GUERRE

258. Lucien X. Polastron
UNE BRÈVE HISTOIRE DE TOUS LES LIVRES

259. Geneviève Marie de Maupeou, Alain Sancerni, Lyonel Trouillot
DICTIONNAIRE DE LA RATURE

260. Yves Chaudouët
ESSAI LA PEINTURE

261. Gisèle Bienne
LA BRÛLURE *SUIVI DE* MARIE-SALOPE

262. Jérôme Orsoni
DES MONSTRES LITTÉRAIRES

263. Olivier Dubouclez
HISTOIRE DU BASILIC

264. Jhumpa Lahiri
EN D'AUTRES MOTS

265. Walt Whitman
ÉCRITS DE JEUNESSE

266. Gustavo Dessal
TROP ROUGE

267. Jean-Philippe de Tonnac
AZYME

268. Frédéric Jacques Temple
UNE LONGUE VAGUE PORTEUSE

269. Jérôme Orsoni
PEDRO MAYR

270. Rosie Pinhas-Delpuech
L'ANGOISSE D'ABRAHAM

271. Éric Vuillard
14 JUILLET

272. Javier Cercas
LE POINT AVEUGLE

273. Anna Maria Ortese
LES PETITES PERSONNES

274. Catherine David
LETTRE OUVERTE À MA MAIN GAUCHE

275. Gisèle Bienne
LES FOUS DANS LA MANSARDE

276. Jérôme Orsoni
LE FEU EST LA FLAMME DU FEU

277. Giorgio Van Straten
LE LIVRE DES LIVRES PERDUS

278. Éric Vuillard
L'ORDRE DU JOUR

279. Olivier Dubouclez
ALMERÍA

280. Jean-Claude Grumberg
POUR EN FINIR AVEC LA QUESTION JUIVE
(L'ÊTRE OU PAS)

281. Emanuele Trevi
LE PEUPLE DE BOIS

282. Edgar Morin
L'ÎLE DE LUNA

283. Mark Twain
CETTE MAUDITE RACE HUMAINE

284. Frédéric Jacques Temple
DIVAGABONDAGES

285. Jean-Michel Ribes
CRIS ÉCRITS

286. Armand Farrachi
LE TRIOMPHE DE LA BÊTISE

287. Edoardo Albinati
UN ADULTÈRE

288. Éric Vuillard
LA GUERRE DES PAUVRES

289. Gisèle Bienne
LA MALCHIMIE

290. Caroline Fauchon
SANS EUX

291. Patrick Cloux
DURER ENCORE

292. Fabio Viscogliosi
HARPO

293. Espedite
COSMÉTIQUE DU CHAOS

294. Sébastien Berlendis
DES SAISONS ADOLESCENTES

295. Emanuele Trevi
SONGES ET FABLES

296. Gisèle Bienne
L'HOMME-FRÈRE

297. Pierre Loti
LE MARABOUT, LA PERRUCHE ET LE SINGE

298. Marco Martella
FLEURS

299. Laura Ulonati
DANS TOUT LE BLEU

300. Laurent Nunez
LE MODE AVION

301. Sébastien Berlendis
SEIZE LACS ET UNE SEULE MER

302. Éric Vuillard
UNE SORTIE HONORABLE

303. Eszter T. Molnár
TERÉZ, OU LA MÉMOIRE DU CORPS

304. Joseph Andras
POUR VOUS COMBATTRE

305. Bruno Messina
43 FEUILLETS

306. Claudie Gallay
VICTOR

307. Espedite
UTÉROTOPIE

308. Mario Pasa
L'INFANTE SAUVAGE

309. Florian Préclaire
LE CAVALIER DE SAUMUR

OUVRAGE RÉALISÉ
PAR L'ATELIER GRAPHIQUE ACTES SUD
REPRODUIT ET ACHEVÉ D'IMPRIMER
EN JANVIER 2023
PAR NORMANDIE ROTO IMPRESSION S.A.S.
À LONRAI
POUR LE COMPTE DES ÉDITIONS
ACTES SUD
LE MÉJAN
PLACE NINA-BERBEROVA
13200 ARLES

DÉPÔT LÉGAL
1re ÉDITION : MARS 2023
N° impr. : 2206362
*(Imprimé en France)*